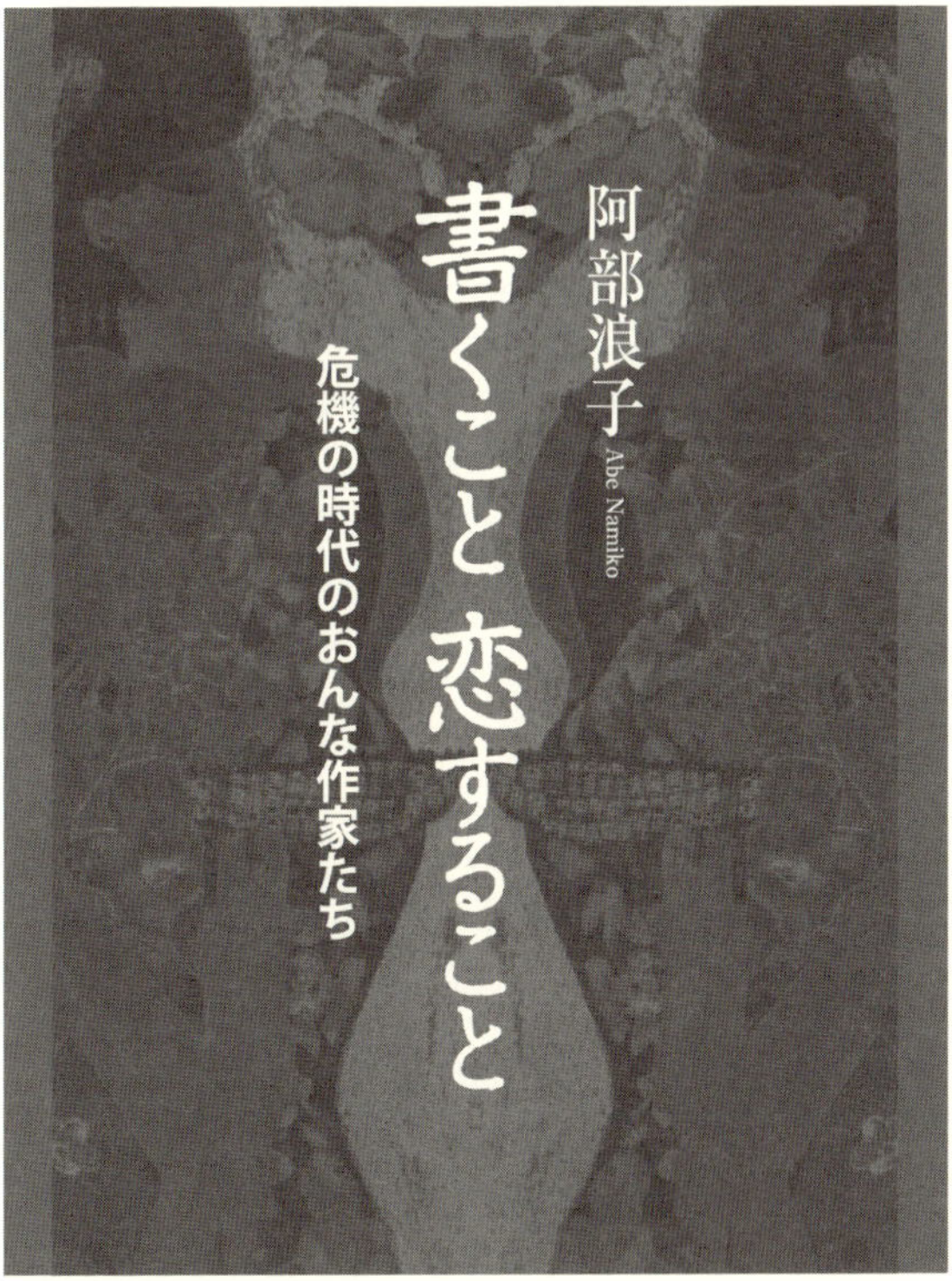

社会評論社

書くこと恋すること——危機の時代のおんな作家たち＊もくじ

序章　女たちの脱皮

厚生労働大臣の発言

ちょっと前のことである。時の厚生労働大臣が「女性は子を産む機械である」と発言し、マスメディアがこぞってバッシングしたのは。そのころ、わたしは小さな読書会を主宰していた。メンバーはみな、この大臣発言に関心をいだき、読書会が盛りあがったことを覚えている。男性の一人が〈じゃ、大臣とこは子ども何人なんだ〉と言った。大臣には娘が二人いるそうだ。

じつは、この大臣発言より八十年以上も前に、どこかの女性が新聞に投書して、「子を産む機械」に修養の余裕をあたえてくれ、と訴えていたのだった。

「こどもの教育なんて、てんで念頭になさそうな人に限って、うようよこどもを産む、いや、産まされる」「政府では産児制限に反対するがなぜか」「結婚した夫婦は避妊の方法も知らず、また研究する知識もなく余暇もなく、出来ぬように出来ぬようにと心掛けながらもつい産むべく余儀なくされる」「願わくば女としても子を産む機械のみならず修養すべき余裕を与えて頂きたい」。

一九二三（大正十二）年七月七日付の讀賣新聞にある、右のような投書を引用し紹介しているのは、清永孝である。清永は当時の新聞や雑誌にたんねんに当たりつつ、『裁かれる大正の女たち』（94・4　中公新書）を著し、副題にあるとおり、女たちの「〈風俗潰乱〉という名の弾圧」の歴史の断面を明らかにした。説得力にみちた文章になっている。

当時、来る日も来る日も、ラジオのニュースの冒頭は、この厚労大臣発言ではじまったものだ。厚労大臣はけっきょく辞任しなかったけれど、「大臣は本音を吐露したまで」（『美と破局』09・6　毎日新聞社）ととらえた、作家の辺見庸によれば、「数十回にわたりペコペコと嘘の謝罪をしてみせて」、うまくバッシングをかわしたのである。

バッシングの経過でマスメディアは、芸術家である、厚労大臣夫人をひっぱりだしてきた。妻はインタビューにこたえて、女性の産みの苦しみを強調した。出産は「機械」のように簡単にはできない。それを体験していない男性の無知による発言を、母親が息子をたしなめるように叱り、夫をかばったのである。

ここで念をおせば、厚労大臣の発言は、この国の少子化対策に応じたものであった、ということ。

だから、大臣発言を、出産という生身の次元にかぎって問題にしてはならなかったのだ。マスメディアが大臣夫人を登場させることで、じつに、重要なポイントはすりかえられてしまった、とわたしは思う。ちなみに、「ＡＥＲＡ」と「サンデー毎日」の記者は女性だった。

わたしたち女性は、この大臣発言の「本音」に、最大限、用心しなくてはならなかった。もちろん今だって。反動的なことの多い昨今の社会にあって、大臣発言こそ、その顕著な実例ではないだろうか。

さて、この国に、避妊法を普及する「産児調節運動」がはじまったのは、一九二二（大正十一）年、アメリカのサンガー・マーガレットが来日して以降のことだという。さきの女性の投書は、サンガー来日の翌年のもの。オギノ式避妊法が「主婦之友」に掲載されたのは、一九二七（昭和二）年のことであった。

さらに、『岩波女性学事典』（02・6）を開いて学習してみよう。これに関連した項目は、むらき数子と船橋邦子がそれぞれ担当している。

二十世紀、戦争が総力戦となったため、国家は生殖への干渉を強化して人口増加を図った。「天皇の赤子」を産み、扶養し、兵士として差し出すための出産奨励。「産めよ、殖やせよ」というスローガンは、この時のものなのだ。

一九四〇（昭和十五）年十一月、厚生省は第一回の「十人以上多子家庭表彰」をおこなった。そして翌年一月には、「人口の政策確率要綱」が閣議決定された。

石本静枝（加藤シヅエ）や奥むめおなどが、子だくさんに苦しむ女性や労働者階級の貧困からの解放をめざして運動した。ところが、戦時下の国家の「人口政策」のもとで、「産児調節」にたずさわる人たちがつぎつぎに検挙され、「堕胎法改正要求運動」も沈黙をよぎなくされた、というのである。

つまり、厚労大臣の発言は、この戦時下の国家の「人口政策」に通じるものではないか。男性優位の社会秩序のうえに立った、強権的な発言で、女性の人格や意志をちっとも認めていない。今日的には、それは、女たちを「産む機械」におとしめ、出産によって労働力・稼ぎ手の再生産を強いるものにほかならない。

女たちは油断してはならないのだ。よく考えれば、危険な、ゆゆしき発言なのだから。どんなに大臣が「ペコペコと」謝罪しても、女たちの置かれた、ことの本質は変わっていないのである。

人間らしく生きたい

七年くらい前のことだ。出版社の編集者が話しかけてきた。〈ぼくの名前を書かなければ、この事実は書いていいよ〉。女性服の製造から販売まで一貫して手がけるアップルハウスが発行する小冊子に、「ひとの縁」を連載していたころのことである。しかし、その事実は小冊子に書きそびれてしまった。

アメリカの大都市に一年の半分を過ごすという女の作家が、ノーベル文学賞獲得のために画策し、動いているという話である。女性作家の野望も、そんなにもリッチになり、グローバルになったのかと、わたしは、その編集者の話を聴きながら思ったものだ。

本書にとりあげた六人―鷹野つぎ、八木秋子、平林英子、川上喜久子、平林たい子、若林つや

―のおんな作家は、現存すれば、百十四歳から百六歳になっている。右の女性作家とは、およそ、二十から三十歳のひらきがある。

彼女たちは、「男尊女卑のしきたり」のきびしい明治時代に生まれ、そのなかに育ってきた。少女時代、ひそかに、兄弟や義兄や教師の蔵書をよんで、知的好奇心を満たしていた。それらの文学作品をとおして、自我のめざめを体験している。

今から百三十年余り前、十九歳で書きはじめ、二十四歳でなくなった樋口一葉という女性作家がいた。一八九五（明治二十八）年、「たけくらべ」や「にごりえ」を書いているが、病気と貧乏に負けて、作家活動は短命だった。

そして、今から百年前、青鞜社が発足し、機関誌「青鞜」が創刊された。一九一一（明治四十四）年九月、この国はじめての女だけの文芸誌が、平塚らいてう、物集和子、保持研子など五人の発起人によって発刊されたのである。一九一六（大正五）年二月までつづく。全五十二冊。

「元始、女性は実に太陽であった。真性の人であった」。

この女性解放のマニュフェストを、二十五歳の平塚らいてうは一晩で書きあげたという。「青鞜」創刊百周年にあわせ、孫の奥村直史が『平塚らいてう』（11・8　平凡社新書）を刊行している。らいてうの全体像の構築をめざしたもので、家庭人としての祖母の素顔と社会活動にとりくんだ評論家としてのらいてうの姿が、ここには生き生きと語られている。

人間らしい生き方を求めて、因襲の打破とたたかった、フェミニズムの先駆けへの圧力は、当然、きびしかった。警視庁は「日本婦人在来の美徳を乱す」と、出頭を命じてきたという。

しかし「青鞜」の女性グループをうけとめた、若い女たちの反響は大きかった。〈あんときの感動ったらなかった!〉。晩年の八木秋子が木曽なまりで熱っぽく回想したのを、わたしは覚えている。地方にいた秋子の感動がいかに鮮烈であったか、顔のかがやいた表情からも想像された。それまでにはなかった、ことばには言いつくせぬ感動。それは、秋子十六歳の体験だった。秋子が自由恋愛をめざした端緒も、この感動にあったといえるかもしれない。

わたしが取材したほかの三人は、そうだ、「青鞜」については思い出を話していない。しかし六人とも、人間らしく生きたいと願う「新しい女」志向は、共通していたはずである。明治時代末年からはじまる大正デモクラシーの気運のなかで、農民や労働者は人間としての権利にめざめ動きだしていた。「良妻賢母という機械」を強いられていた彼女たちだって、その気運に無関係ではなかったはず。彼女たちは、それに反応するだけの問題意識をかかえていたであろうから。

男の所有物からの訣別

わたしは最近、自宅の近くにある図書室で、『女という文字、おんなということば』(00・9明石書店)をみつけた。著者の川田文子がこう書いている。

「婚る」に代表されるように、女へんのつくことばは、男性が主体として使われたものだ。婚姻は男が妻を「婚る」こととして考えられた。女が主語である場合でも、たとえば「嫁ぐ」は、女の側の主体的意志よりも家が強く意識されている、というのだ。

平塚らいてうが、「月」のように「他に依って生き、他の光によって輝く、病人のやうな蒼白い顔」になってしまった女たちへ、奮起をうながしたのも必然であろう。女性は、男性優位のながい歴史のなかで、主体性を奪われてしまっていたのだった。

平林たい子に「投げすてよ！」という短編がある。大正末年に執筆され、一九二七（昭和二）年三月「解放」に発表されたもので、代表作「施療室にて」よりも優れているかもしれない。たい子は、「光代」をとおして、この奪われた、女の主体性をとりもどそうと主張する。作中に、こんな注目すべきつぶやきがある。

彼を失って自分の生活ははたして幸福かしら。「幸福とは何であるか」、こんなわかりきった問題の前にも惑わなければならない、意力のない、男性の一所有物にすぎない、はかない女を、「光代」は驚いて自分自身のなかに見た。

たい子はこれより数年前に、長野から上京している。姉たちのように、むこう三軒両どなりに「嫁入り」したくなかったという。親の押しつける結婚を拒んだ。東京でアナーキストの男と結婚し、満州（中国東北部）まで放浪する。男を監獄において、単身内地にもどった。二番目の男との同棲も、自分の選択によるもの。その彼にもたれかかっている自分を見いだし、がく然としたというのである。男の持ち物である自分を投げすてよう。幸福とは女自身の手でつかみとるものだと、たい子は、読者に発信しているようだ。

「修養すべき余裕を与えてください」。さきの新聞投稿者はどんな人なのだろう。名もなき女性の願いごとをパスしてはならない。自由なひとときがない。思考するゆとりもない。だから、修養する時間がほしい。この悲鳴にもちかい願いは、この女の人に限ったものではなかったろう。

現代のように、女子には高等教育は許されていない。男子は上の学校へ進学してあたりまえと家長が決めていた。しかし、女にだって可能性はある。ひそかに、六人の女たちも、向学心をいだいて自然であった。

その証拠に、彼女たちは、自分の書いたものを投稿している。鷹野つぎは「女子文壇」に、八木秋子は「種蒔く人」に、平林英子は讀賣新聞に、川上喜久子は大阪朝日新聞に、平林たい子は「文章倶楽部」に、そして若林つやは「女人藝術」に。それぞれ、みずからの可能性をためしているのである。父親の目をぬすむように。この投稿こそ彼女たちの、文学の道へステップを踏むその第一歩にほかならない。

たい子の「投げすてよ!」にもどろう。「光代」の思いは、たい子自身のもの。たい子は、自分のことを、自分自身のために書いている。自分のために書くという、やみがたいモティーフは、六人の作家に共通しているものだ。若林つやは、それを〈ゴウ〉と言っていた。

投稿からスタートした六人は、書くという行為をとおして、今流にいえば、自己実現していく。「月」のようにぼんやりした自分から脱皮し、「太陽」のようにおのずとかがやく自分をとりもどそうとした。その主体意識の変化のプロセスが、彼女たちの作品を追跡していけば、あぶりださされてくる。さらに、彼女たちの作品を逆算していけば、それぞれの生の軌跡も浮上してくるのである。

プロレタリア文学運動と出会う

投稿が入選し、自分の文章が雑誌に掲載される。その快挙にあとおしされるように、彼女たちは家を出て、上京している。東京はちょうど、プロレタリア解放運動が上げ潮に向かっていた。女たちの自己実現の選択肢は、今のようにさまざまに用意されてはいなかった。ごく限られていた。彼女たちのいわば受け皿は、このプロレタリア文学運動であった。それに参加する問題意識をすでに、彼女たちはもっていた。彼女たちの身内に、自然発生的に芽生えていたものだ。これは当時、地方から家出してきた、文学志望の女たちの定番コースといってよいかもしれない。

山川菊栄が『おんな二代の記』（72・1　東洋文庫）のなかに書いている。さきの「青鞜」創刊の翌々年、青鞜社が計画した研究会への案内をみた、アナーキストの大杉栄が、次のような苦言を呈したというのだ。

「婦人自身が、自分で自分を教育するために何らかの道を開き、方法を講ずるといふのは至極賛成だが、僕はその研究科目を見て実はすこぶる失望してしまった。ほとんど全部が文芸に関することばかりじゃないか。『対社会問題より各個人を教育すること』が第一だといふが、個人の教育は文芸にのみよるものだろうか」。

大杉栄の苦言はもっともではある。しかし、文芸、文学こそすべての教科の根幹になるものではないか。一九一六（大正五）年、女性三人―妻と愛人の、伊藤野枝と神近市子との関係を、大杉は自由恋愛だとうそぶいた。その不誠実に、青鞜社社員だった神近市子が怒り、大杉ののどを短刀で刺して重傷を負わせた。「葉山日蔭茶屋事件」として知られる。〈相手が大杉栄でなければ、神近さんはあんな事件を起こす人じゃなかった〉。八木秋子がこう追想したのを覚えている。男、大杉の自己中心の思想、主義ゆえの結果であろうが、それよりも、彼は人間のもつ心情が読めなかった。想像力がなかったともいえるであろう。

神近は裁判の法廷で、「嫉妬のため刺した」と述べ、「女性の近代的エゴの正当性を主張した」という。井手文子が『朝日人物事典』（90・12）のなかに書いている。神近は青鞜社に加入したため勤務先の高等女学校を追放され、一九一四（大正三）年、東京日日新聞の記者になった。大杉の仏蘭西文学研究会に出席し、彼と親しくなったのだった。神近は、その罪で二年間服役し、戦後は政治家になっているが、男大杉の主義と主張に翻弄された果ての犯行にちがいない。大杉に、文学への重要性の認識と女性・人間の心情への想像力があれば、秋子が推察するように、神近は凶器をもちださずにすんだかもしれない。

一九二一（大正十）年四月、社会主義運動の盛りあがりのなかで、女性だけの社会主義団体、赤瀾会が発足している。堺（近藤）真柄、仲宗根貞代らが発起人で、山川菊栄と伊藤野枝が顧問格であった。彼女たちは女性解放を、社会主義社会の実現に求めたけれど、警察のはげしい弾圧をうけ、運動を大衆化できずに八か月で自然解消したと、『岩波女性学事典』のなかに江刺昭子が書いている。

そして同年二月、文芸雑誌「種蒔く人」が、小牧近江、金子洋文によって創刊され、社会主義文学の出発点となる。プロレタリア文学運動の基礎が築かれたのだった。

さらに同年の春には、日本共産党が山川均や堺利彦たちによって創立されている。

一九三〇（昭和五）年、この国の失業者の数は二百万人を超えたという。大学卒業者は就職できない。地方の農民は窮迫して土地を手放したり、娘を売ったりする。中小企業は倒産する。そのいっぽうで、三井、三菱などが膨大な独占資本を完成させていた。貧富の差はひろがっていく。この前年十月から、ニューヨークに端を発して世界全体を巻きこんだ大恐慌が吹きあれていた。

プロレタリア解放運動は、急速に激化する。虐げられた、貧しい労働者階級が人間としての権利をかちとるために団結し、待遇改善を要求して立ちあがるのは自然の勢いだった。政府はそれを干渉し、彼らを弾圧した。一九二五（大正十四）年、共産主義活動を抑圧するための治安維持法が公布されている。一九二八（昭和三）年とその翌年、共産党関係者の一斉検挙があった。三・一五事件、四・一六事件である。

自己実現へ

平林たい子が生家を出て上京したのは、一九二二（大正十一）年三月である。八木秋子と平林英子と若林つやの上京もこれにつづいている。このころ川上喜久子は、朝鮮半島に住んでいた。たい子は高女卒業と同時に上京し、東京中央電話局につとめたが、就業中に社会主義者の堺利彦に電話したことで解雇された。その後、鷹野つぎの家に寄寓している。〈あのころ、信州あたりで社会主義にかぶれるなんて、平林さんは並みの女じゃなかった〉とは、作家、有賀喜代子の回想だ。たい子は「文藝戦線」の同人にくわわり、作品を発表していく。英子とつやは、一九二八（昭和三）年に結成された日本プロレタリア作家同盟（ナルプ）に所属し、「働く婦人」などに寄稿する。さらに、秋子もふくめて彼女たちは「女人藝術」に書いている。一九二八（昭和三）年七月、「青鞜」の賛助員だった長谷川時雨が創刊した女性文芸誌だ。同誌から女性の作家や評論家が巣立っている。プロレタリア文学運動の盛んなおり、やがて同誌も左傾化していくが、彼女たちは、一九三二（昭和七）年六月に同誌が廃刊するまで書いている。このプロレタリア文学運動をとおして、彼女たちの文学志望は具体化したのであった。

一九二七（昭和二）年九月、平林たい子は「文藝戦線」に「施療室にて」を発表し、プロレタリア作家としての地歩を固める。たい子はこのプロレタリア作品のなかで、授乳シーンをとおして性の快楽を描きこんでいるのだ。

「明治以降、女性は性にまるで興味がないかのようにふるまうことが要求された」と、近世文学研究家の田中優子が『張形と江戸をんな』（04・3　洋泉社新書）のなかに書いている。「張形という特異な物体を追いかけて、女の性欲をそこに認めようとしたのは、男にも女にも性欲はあるという同等性を探るためであった」と、田中は研究の動機を述べる。

田中の研究書よりも七十数年も前に、たい子は、女たちが生殖のための性とはべつにもつ、快楽の性を小説のなかに描きこんでいるのである。今までの女たちには到底できなかったことを、ある一人の女が臆面なくやってみせたとしたら、それは興味あるにちがいないと、たい子は叫んだ。その興味のひとつが、授乳シーンの描写であったろうか。たい子は女のことが、気になって気になってしようがなかった。作品群には女のつく題名がとても多い。女は、男との対立の構図のなかに描かれている。また、女の性の衝動が臆面もなく描かれている。

そういう平林たい子だから、「殴る」（28・10「改造」）のような傑作が描けたのであろう。男たちの階層のさらに下に、女たちは置かれている、という社会的構図を、小説世界のなかに鮮やかに提示してみせたのだった。だから思うに、たい子は、このプロレタリア解放運動は男たち労働者の解放運動であり、女たちの社会的束縛からの解放運動ではないと、充分認識していたのではなかったか。

「いつになっても、男は男、女は女よ」。熊沢誠が『女性労働と企業社会』（00・10　岩波新書）

のなかに紹介している。男性優位の社会にあっては、家庭での男女関係のありようは職場でもそうなのだということ。このせりふは、二十一世紀に働く女たちの現場の声にちがいない。

最近、運命鑑定師からじかに聴いた話である。病院介護にたずさわる九十二歳の女性が相談に現れた。〈わたし、何歳まで働けるでしょうか〉。彼女は二十四時間勤務のシフト制で働いているという。〈九十六歳まで働けますよ〉。占い師は、四柱推命と算命学をもちいて、その人の生年月日からその人の寿命をみちびきだす。夜間勤務は時給がよい。しかし、働けなくなれば収入はとだえる。年金の受給もなく、シングルで生きている彼女の危機感はふかい。〈女が単身で生きるって、たいへんです〉。占い師はしみじみと語る。もうひとつ、在宅介護にたずさわる八十二歳は、寝たきりの、元社長の妻が何歳まで生きられるか、相談する。その妻が夜中にうわごとをいう。〈おくさんが死ぬのではないかしら〉。彼女はあわてて占い師のもとへ駆けつけた。ヘルパーの仕事がなくなれば生きていかれない。死につながる。彼女も、四十五歳で離婚していらい単身で暮らしている。

政治は、こういう人たちの存在を視野に入れているのだろうか。この国は、人たちが安心して暮らせる社会ではないようだ。これじゃ、生きた心地がしまいい。

おんな作家たちの試練

〈女のためにたたかうのは、女しかいない〉。こう忠言したのは河野多麻である。八十歳まで女子大で週一回の非常勤講師をつとめた、「宇津保物語」の研究者だ。この河野のことばを借りれば、女のために書くのは女しかいない、ということになる。ヘルパーの老女たちに書く能力があれば、ひとつの作品世界はできあがるが、それはできない。女たちのもってゆきどころのない憤りや恐れや不安に共感しながら、女たちの働く現状を作品世界に構築する。これがプロレタリア文学のモティーフであり、それをものする作家の存在意義なのだと思う。

若林つやは、「押し寄せる波」（31・10「女人藝術」）のなかに自分が体験した教育労働者の不合理を描く。他の作品には、教師の立場からくつも買えぬ貧しい少女のめざめを、村の女子青年団の民主化の活動なども描いている。平林英子は、「美容院の人々」（32・5「婦人公論」）のなかに美容師の職場での不満を描いている。本書には登場しないが、当時、横田文子、小坂多喜子、中本たか子、窪川いね子（佐多稲子）なども、プロレタリア作品を発表している。窪川は、「キヤラメル工場から」（28・2「プロレタリア藝術」）のなかに小学校もろくに卒業しない幼年労働者の姿を描く。それら作品世界には、下積みの女たちの生活感情がこまやかに描写されている。生産面をになって労働する女たちの姿に、初めてスポットがあてられたのだった。しかも女たちは、社会とのつながりのなかに浮上している。

「働く人たちの社会がかならずくるとみんな思っていたのよ」(『道づれは好奇心』02・10 講談社)。佐多稲子がノンフィクション作家、澤地久枝の問いにこたえているように、当時、おんな作家たちは、その気持ちで作品を書いていたにちがいない。だが後年に、英子とつやがおなじことを指摘した。組織の上部からの指示で、書きたいことが書きたいようには書けなかった、と。題材が限定され、構成が図式的になるなど、政治の優位性による制約が不満であったというのだ。彼女たちは、発表のチャンスをプロレタリア文学運動によって獲得し、自分がいだいていた問題意識をさらに深化させたであろう。それは、将来の執筆の基礎になったはずだ。しかしそのいっぽうで、彼女たちのもつ可能性の芽が摘まれたかもしれない。プロレタリア文学運動が大衆の生活感情から遊離し、政治主義的偏向に陥っていくその影響を、おんな作家たちももろに被ったのである。

一九三三(昭和八)年二月、地下活動のさなかに党員作家、小林多喜二は、治安維持法違反で特高警察に逮捕され、即日、拷問のあげく虐殺されている。数年前、一九二九(昭和四)年五・六月の「戰旗」に発表された、小林の「蟹工船」が脚光を浴び、多くの人に読まれた。カニを捕獲する漁夫たちの心情がリアルだ。彼らは自分たちの労働条件の劣悪さに気づき、待遇改善をもとめて団結していく。その過程は、今日読んでも熱気が伝わってくる。

同年六月には、共産党幹部の佐野学と鍋山貞親が、獄中から転向を声明している。運動内部から脱退者や反対者があいついだ。プロレタリア文学雑誌の発禁がつづいた。十二月には「リンチ共産党事件」が起きている。その翌年二月、日本プロレタリア作家同盟は解散し、プロレタリア文学運動は崩壊するのだった。

それから三年後、一九三七（昭和十二）年七月、日中戦争がはじまるのである。

六人のおんな作家たちは、戦中から戦後も活躍している。「書くこと」をやめていない。彼女たちは、この「危機」の時代をどのよう生きたのか。どう自分のドラマを展開させたのか。男性と出会い「恋すること」もしている。その人生の足跡を、わたしは、彼女たちと直接会い、そこから聴きえた挿話をおりまぜつつ、具体的に書いたつもりだ。彼女たちの文学も検証してみた。六人がなぜ長野と静岡の出身者なのか。それには、とりたてて意味はない。

第一章

鷹野つぎ——略奪の愛

TAKANO Tsugi 1890.8.15~1943.3.19

苦難の人生を歩む

二〇〇七（平成十九）年二月、マスメディアをにぎわした、厚生労働大臣の「女性は子を産む機械」発言を、鷹野つぎが聞いたらどんな感想をいだいたろう。つぎは、二十一歳から三十九歳までに、九人の子を出産している。機械のように子どもを産み育てられたら、どんなにラクチンであったろう。そうはいかないところに「あまり多産でして、これではほんとに悲劇ですね」と発言するつぎの実感が、しみじみと伝わってくるではないか。与謝野晶子の十一人につぐ子だくさん。田村俊子、長谷川時雨、ささきふさ、吉屋信子、宮本百合子、宇野千代、林芙美子、平林たい子、壺井栄など、つぎと同じ明治生まれの作家には、子どもはいない。

つぎは、明治四十年代初め、鷹野弥三郎と大恋愛する。〈どこの馬ともわからぬ〉新聞記者の男との自由恋愛は、両親に猛反対されたうえ勘当されて、実家を出奔している。十八歳のときだ。以来つぎは故郷に帰っていない。両親に背いて山村の生地から都会へでて傍若無人にふるまう男の、それは「略奪」の愛だった。つぎはのちに、母との再会の許されない結婚生活のなかで、弥三郎の強引なやりかたをふりかえり批判的になっていくのである。

弥三郎のマネージメントで、たしかに、つぎの作家志望は実現していく。だが、出産と子育て、そして七人の子どもの死が待ちかまえていた。それはつぎの旺盛な作家活動とかさなっている。

しかしつぎは、作家志望をけっして手放さなかった。不幸を自分にとりこみ、その逆境から、生活と消費をになう女たちへ希望のメッセージを発信する。「この母の仕事を立派な職業として考へてゐます」（「職業としての母（婦人雑談）」25・5・10　東京日日新聞）。母という職業は、気苦労が多くて成績がはっきり見えないために、若い女性の結婚回避の理由になっていないか。「母のもつ仕事と、育児との間に両立しがたいものがあるとは精神的に思ひたくない」。八十余年も前の、つぎのこんな提言には、同性への共感がこもっていよう。女性が女性を見限ってしまっては自慢にならない、ともつぎは述べ、その自覚がたのもしい。

東京都千代田区に女性専用の図書館がある。当時、わたしが在籍していた大学院の平野謙の講義は、島崎藤村に関するものだった。藤村は女たちの解放をめざして文芸誌「處女地」を発行する。そこに参加していた一人鷹野つぎについて、どんな作家だろうかと、わたしはその図書館にかよい調べてみた。借りだした『娘と時代』（44・1　三國書房）を読みすすめていくと、つぎは、浜松高等女学校の出身だとわかる。現在の浜松市立高校で、なんと、つぎは、わたしの先輩なのだ。良妻賢母の校風をうちやぶり職業作家として活躍した先輩がいたのか。つぎは、三十五年の文学生涯に、三冊の評論をふくむ十一冊の著書をのこしている。そのときのおどろきを、いまもわたしは忘れていない。

鷹野つぎは、一八九〇（明治二十三）年八月十五日、静岡県浜松市に生まれる。本名を岸次という。九人きょうだいの二女だ。岸家は、商家の多い繁華な町下垂にあり、自宅で母と姉が油とたばこを商っていた。父岸弥助は〈大風な人〉で〈子どもらに諄々と説いてきかせ威厳があった〉という。大きな呉服屋に勤めていた。この呉服屋からのれん分けの褒美を与えられるが、父は〈自ら営んではいない〉。のれん分けは二十八歳以上の番頭に許されるもので、大正時代までは、男たちの最高の夢であったそうだ。父は美貌の娘に着物を買いあたえるのが楽しみであったろう。つぎの娘が自宅に保存するアルバムの写真を見ていたら、そんなふうにわたしには思えてきた。ひさしを高くあげたへアスタイルで、半襟もおしゃれな着物姿は、うつくしい。聡明そうで楚々たる風情だ。しかし、つぎの目はほそく哀愁をたたえる。父はまた、『浜松市史』をひもとけば、町議会議員を一八九五（明治二十八）年四月から、市制が施行される一九一一（明治四十四）年七月までつとめていた。

後藤悦良作成の年譜によれば、つぎは一八九七（明治三十）年、浜松町立尋常高等小学校に入学。一九〇四（明治三十七）年、同校高等科三年を終了し、浜松高女第二学年に入学する。一九〇七（明治四十）年には女学校を卒業し、静岡高女の研究科に入学した。しかし、トラホームにかかり帰省。東京の女子大をねらっていたと思われるが、一年ほどで中退してしまう。同級に吉岡ふさ（房子）がいた。

「お前がつくつた作文のほうびだとえ？　あんな紙切れへなにを書いたかしれないが、ざつと〇円もするやうな、こんな品もらふ筋合がないではないか」（『娘と時代』）と、母が言えば、「もう、えたいの知れないもの貰ふやうなことはやめたらえ」と、父も制する。小説は、憎悪、不道徳など世相の裏面を暴いたもののように考えられていた。小説を書くことは、家族にも友人にも秘密なのだ。学校にばれたら一大事。両親は、つぎの趣味が気にいらないらしい。一九〇六、七（明治三十九、四十）年、つぎは「女子文壇」に投稿しその賞品に帯地や反物や図書券をもらう。同誌は一九〇五（明治三十八）年に創刊されたもので、山田くに子（今井邦子）、永代美智代、若杉とり子（鳥子）なども投稿していた。遠江の岸つぎ子は常連で、月霊子、月露、星つぎ子など匿名でも投稿していたと思われる。

長兄の蔵書で、幼少のころからつぎは読書にめざめ、島崎藤村の『若菜集』『落梅集』、与謝野晶子の『みだれ髪』に親しみ、現実をあばく自然主義文学を雑誌や新聞で読んでいる。尾崎紅葉の作品はすでに読みきっていた。一九〇三（明治三十六）年、紅葉の死を知ったとき、ものを書くということに異常な関心を抱くようになったと、つぎ自身回想する。十三歳のときであった。

やがてつぎは、晶子みたいに文章でこころざしを立てたいと、心に秘めるようになる。晶子の名は、つぎの耳に新鮮にひびくのだった。「女性の開拓した世界とか、躍進した境地とかいふものに、心惹かれたのであつた。女の一生といふものが顕はれるよりも埋没する方が多く、明るい新らしい道を行くよりも、暗い旧い道を辿る方が多いといふことを思つたりしてゐたためであつた」（『娘と時代』）という。日露戦争後、この国にはヨーロッパの文明が入ってきた。つぎは、時のファッションよりも、因習の打開を望んだ。既成概念のまま生きたくない。「人間の素朴な自由感ほど、貴く美しいものはない」という。自分なりの熱い理想に燃え、早く独立した人間になりたいとねがうのだった。

夜中にふと目を覚ませば、ささいな風の音で、心の芯がわびしくなる。家人を呼びたくなる。そんな多感な少女の地元紙への投稿文に注目し、心そそられた男こそ、四つ歳上で文学青年の鷹野弥三郎なのだ。

浜松小町の大恋愛

弥三郎は、長野県南佐久郡の農家に三男として生まれている。遺族のアルバムの写真をみると、長身の彼は服装が派手で、めだちたがりやのように、わたしの眼には映る。生地で代用教員をしたあと、地元の新聞社に勤めた。親にそむき実家を出てやってきたのが、遠江新聞社であった。そこで少女のつぎと出会う。結婚後も新聞社勤めであった。山窩（定住せず山奥や河原などを転々と移住しながら生活した人々）についてわが国ではじめて研究し発表したのが、弥三郎だった。名古屋新聞社に在職中、法廷記録に「山窩」ということばがよく出てきて不審をいだいた弥三郎は、この研究にのめりこんでいく。一九二四（大正十三）年の『山窩の生活』という著書がその成果だ。この先駆的論考は現在復刻されている（93・10　明石書店）。

弥三郎との出会いについてつぎは、率直な真情をつづり「女子文壇」に投稿していた。その一つが「女気」（08・8）。この短編は「地」賞にかがやき、静岡県の「きし女」作とある。「強い女を書いたもの」だと、選者小栗風葉はコメントする。男が自分の気持ちをもてあそんだと女をなじる。いや、どうせ遂げられぬ愛ならいまのうちにと、女は弁明する。覚悟はもってるよ、ささいな障害にだって変心しないと、男はたたみかけてくる。女心の複雑さは、渦中のつぎ自身のものであったろう。両親の猛反対で逡巡していたつぎを、弥三郎が強引にけしかける場面の再現ではないか。ここにすでに二人の力関係は明らかだ。男はなにがなんでも女を獲得しようと迫るのに対して、女は猛進できず、さりとて離別もできぬ。そんなつぎの心の葛藤がなまなましい。

このひと月前の「女子文壇」（08・7）に、「誘惑」が「岸つぎ子」の名で掲載されている。この新体詩の選者は横瀬夜雨。その前半を引用しよう。「誘惑の縄幾節／前に横にはては隙なう／力の極みぐいぐいと引かる、／一方に身動もせば／幾千にもあゝ身は切れんず／さながらの石ひた黙しつくばんど／蜜のごと悪濁のあまみ／強ひられて溶けむのうつけ心／ともすればよろぼひやすき」。彼の強引な誘惑にすぐさま乗っていけない障害と、蜜のように甘い恋心にゆれる女の、悩ましい心中がよみとれる。

そして、数か月後の同誌（09・1）には、「こは甘き涙ながらに雨の夜は君もかくやと淋しさにゐぬ」と、つぎは詠んでいる。和歌部門で「秀逸の下」をとり、その選者は与謝野晶子であった。彼への慕情が現実味を帯びていないだろうか。これら三点の投稿作には、つぎの正直な心の推移がある。恋情を共有した弥三郎は、つぎの読書の感想をみぢかで聞いてくれる人でもあった。

さて、浜松小町の大恋愛は、小さな町の大騒動になる。娘をさらっていく男の腹を、父は刺そうとまで激情した。つぎは勘当され、一九〇九（明治四十二）年、家出する。わが人生をみずから選択する、はげしい意思表示にちがいない。地方政治家で俳人の松島十湖の養女として入籍する措置がとられ、つぎの結婚は正式に成立するものの、このとき押された〈不良娘〉の烙印は、死後も消えていない。しかし生家からの訣別こそ、つぎの作家志望への第一歩だった。

島崎藤村を訪ねる

つぎが夫に伴われて、島崎藤村の家をたずねるのは、大正八年。一九一九年暮れのこと。時事新報社に勤める弥三郎は、作家との交際がひろく、藤村とも面識があった。つぎは、藤村に才能を認められ、その翌年八月、「新小説」に「撲《ぶ》たれる女」を発表し文壇デビューする。一九二二（大正十一）年四月には、藤村主宰の文芸誌「處女地」が発行され、つぎは、女性にも新しい機運がやってきた、と感動する。同人となり毎号に寄稿した。同人には、池田こぎく（小菊）や正宗白鳥の妹辻村乙未や、のちに藤村夫人になる河口玲子（加藤静子）などがいたが、プロの作家になるのはつぎだけだ。『人形の家』のノラの人間的なめざめの影響をうけ、藤村は全集の印税を投じて発行した。しかし「青鞜」のような社会への批判や反抗の気分も発揮されることなく、「處女地」は期待はずれであった。一九二三（大正十二）年十二月、わずか十か月で廃刊となる。

「種蒔く人」（22・5）の「『処女地』の創刊」の記事を読むと、メンバーは「余りにブルジョア文化に毒された女性に依つて満たされて居る」と、書かれている。

　デビュー作「撲《ぶ》たれる女」は、老いた退役軍人の一家を描く。つぎの二女鷹野三弥子によれば、モデルにされ立腹した主人から陰湿ないやがらせがつづき、つぎは〈大きな衝撃をうけた〉という。モデルにされたのはつぎの家の隣人だが、三弥子は、〈母は他人をよく観察していた〉とうけとめる。この挿話をとおして、つぎはスタート時から自然主義的なリアリズムの手法をとっていたことがわかる。評論家の板垣直子がつぎの透徹した観察眼、身辺の人間への公平なまなざし、堅実な筆を評価した。それが鷹野文学の特徴なのだ。つぎは終生、その手法から脱皮していない。それを批判して小説家の岡本かの子が、〈鷹野つぎさんの小説は、女大学式でさびしい。もう少し谷崎潤一郎先生のようなエロチシズムがほしい〉と、時事新報社に勤めていた歌人の新津亨に言ったそうだ。

　〈結婚て、こんなものじゃない。母は半年ぐらいで結婚に幻滅したようです〉。つぎの未公表日記には、結婚生活への疑問がしるされてあると、三弥子はわたしに明かす。

　一九一三（大正二）年五月十二日付の名古屋新聞に発表された「寄生虫」からも、それは推察できよう。街なかをこれみよがしに闊歩する若い女へ嫉妬を、ヒロインはおぼえる。夫婦の役割分担が不満だと怒る。家庭でのうのうと読書できる男って得だ。女の成長をはばむのは男だ。でも、夫に盾つけば盾つくほど肉体がひかれると、心に葛藤をひろげる。すると、「母ちゃん、おっぱい」と呼ぶ声がして、ヒロインはわれに返るのである。

ヒロインの心の屈託は、つぎ自身のものにちがいない。つぎの、樋口一葉や伊藤野枝などの人物批評には、生きる積極性がみとめられるが、夫婦に取材した小説は、平野謙説のように〈辛気くさい〉。「嘆き」（25・9「藝術運動」）、「錘」（『悲しき配分』）などの、屈託なく生きる夫にたいする妻のするどい視線に、わたしははっとさせられる。「嘆き」には、女の作家でなければ書けぬ、内面にうごめくやるせない心情が、描かれる。家庭という「檻」をみじめだと感じる、体験上の苦しみを、つぎは作品に書かずにいられなかったのだ。実母の援助もなく長男を出産している。人は恋愛だけでは生きられない、夫の強引なやりかたは「略奪」だった。父を納得させてから結婚すべきであったのにと、つぎは、作中のヒロインに託して悔やむのである。

苦しい家計

太子堂の、そんなに広くもない鷹野家には、〈作家や画家など自由人が、しょっちゅうやってくる。妻までひきつれて。応接間はサロンと化した。主人のいない日中もあがりこむ。弥三郎の虚栄や親分肌がそれをさせたのかもしれない。ともかくつぎ姉さんが大変だった〉と、つぎの妹の夫村松道弥は話す。〈台所はいつも火の車で、釜の飯はすぐ空っぽになり、家人や子どもたちはうどんをすする〉。これは三弥子の証言だ。着の身着のままとびこんできた信州の僧侶もいた。どういうルートか、長野から上京後の平林たい子もつぎの家に寄寓している。鷹野家の〈空室を借りるつもりでやってきたのに、逆に、つぎから小遣い銭や夏用のセルの単衣までもらう〉しまつだったという。

しかしそうした余裕も、一九二三（大正十二）年ころにはなくなる。その年九月一日、マグネチュード七・九の大地震が関東地方に発生し、死者と行方不明者十四万人を数えた。弥三郎の勤務先は焼失し、事業縮小のため弥三郎はリストラされる。その後、再就職の話はよせられたが、〈あの人の下で働くのはいやだ〉と、彼は腰をあげない。〈時事部長のとき入手した、藤村直筆の詩の巻紙や竹久夢二の肉筆画をかたに親族に借金してまわる〉。元同僚にも頼みこんだけれど、弥三郎は結局ふみたおしている。

鷹野家は経済的に苦しい生活がつづいていく。持ち家を手放す。つぎは、文章を書かざるをえなかった。〈女房をドル箱スターにしやがって〉。かげで元同僚たちが非難する。そんなうわさもどこ吹く風、弥三郎の売りこみは臆することを知らない。川端康成にも依頼する。「新思潮」時代の川端は弥三郎に世話になっていた。つぎの発表媒体はじつに多い。〈売れる通俗的なものを書け〉とも、マネージャー役の夫は、つぎを困らせた。書斎に散らかっていた原稿を、夫が清書することもあった。

二松堂書店から初めての『文藝年鑑』が刊行される。発行者は村松道弥だが、〈発案は弥三郎だった〉と、村松は言う。ほかに「汎信州」、丸の内新聞、たばこ新聞なども発行し、弥三郎はアイディアマンであったが、その自営はほとんど失敗して家計に結びつかなかった。

つぎは年末に、「師走の生活から」（26・12・4 東京朝日新聞）によれば、随筆四点と創作三点の稿料四百円を稼いだ。さらに着物の洗い張りや足袋のつくろい、障子の張り替えをして、やっと正月をむかえるのであった。

すでにつぎは、結核を発症していた。「病み凌ぐその日その日のまなゆらをかさね来ぬ連《ママ》ば齢長けにし」。郷里の姉に贈った『真実の鞭』（23・5 二松堂書店）の表紙の裏に肉筆で、こんな短歌がしたためてあるのを、姉の娘の家で、わたしは目にしている。一九二三（大正十二）年五月のこと。つぎは、この病気をつうじて平塚らいてうと親しくなった。一九二五（大正十四）年以来十八年におよぶ、二人の交友と往復書簡も、「女性解放」がとりもつ縁ではない。つぎの長男がなくなったとき、らいてうはその墓碑に文字を刻んでいる。

結核は、当時は人の命をうばう恐ろしい病気であった。抗生物質のストレプトマイシンは戦後にならなければ登場しない。貧困と心痛と潔癖症がわざわいしたと、つぎは自省している。つぎは歳下の新島栄治に、自分の不幸な境遇をうったえた。新島は、つぎの美人の妹が目当てでよく鷹野家に出入りしていた。アナーキスト系の「シムーン」（「熱風」）に、加藤一夫や岡本潤などとともに所属するプロレタリア詩人だ。〈つぎさんがかわいそうで見ていられない〉と、石川すずに話すのだった。石川の夫は弥三郎と同僚である。つぎ年譜の一九二六（大正十五）年分だけを切りとってみても、その悲惨は明らかだ。七月に長男をなくし、十一月には出産。子を産んでは死なすその連鎖のなかに、つぎは置かれていたのである。避妊法を普及する産児調節運動がはじまるのは、一九二二（大正十一）年にサンガーが来日してから後のことであった。

宇野千代はライバル

「女ならでは夜のあけぬ国　藤村千代、鷹野つぎの出現」。一九二四（大正十三）年七月ころの中信毎日新聞が、こんな見出しの記事を書いている。その記録が娘のもとに保存されていた。一九二三（大正二）年に「木乃伊の口紅」を発表して文壇的地位を確立した女性作家に田村俊子がいる。そこへ登場した藤村千代とは、「墓を発く」（21・5「中央公論」）でデビューした宇野千代のこと。つぎはこうして、純文学の書き手としてマスコミの脚光を浴びるものの、舞台裏では、病気と、貧乏と、多産と、子どもとの死別と、かずかずの不幸にみまわれていたのである。夫と離婚して作家尾崎士郎に走る千代のような奔放さは、もはや、つぎにはない。

行動の限られた重苦のなかから、つぎはじっと、社会や文壇をみすえるしかなかった。一九二四（大正十三）年一月一日から四日まで、東京朝日新聞の文芸時評「新年号女流の作品」のなかで、つぎは野上彌生子にかみついている。その文章がじつに痛烈なのだ。芸術とは、将来へ能動的な生命を想わせるものであるか、が問われる。野上作品――「縛られた者と解く者」「キリストの祖父と母」は、現代のわれわれに交感しないところで書かれている、遠い存在だと。つぎは野上の観念性を批判した。頭でっかちだったつぎは、これまでの悲惨な体験をへて、より現実重視になっていたのだ。〈手きびしい批評をする人で、でも的確でした〉と、このころのつぎについて作家の小坂多喜子が回想する。

三十代の初めで、つぎは、藤村が序文をよせる『悲しき配分』(22・12 新潮社)、『真実の鞭』(23・5 二松堂書店)、『ある道化役』(24・3 紅玉堂書店)の、三冊の著書を刊行した。「女子文壇」卒業生は、文学少女たちのアイドル的な存在となった。いよいよ、つぎは書かざるをえない。いや、作品をのこさなければ、わが人生に納得できなかったはずだ。

さらに注目すべきは、一九二九(昭和四)年六月の「女人藝術」に発表した「この頃思ふこと」の一編である。しかし、という逆接の接続詞をいくども使った思索的な小品に、わたしはつぎの精神の強靭さを思う。プロレタリア運動の高揚期、女たちがこぞって左傾していくなか、つぎは自分の文学観を守りぬいた。

つぎはその小品に書く。「社会思想に覚醒された女性の作品」には、「焦燥と乱舞的凱歌の声」が認められる。立場の違いによっては正反対のように見える。「同じ社会に到達した以上、何等か共通に進出してゐる点はあるべき」なのにと。さらに、つぎはつづける。「近時の若い女性の生活態度の覚醒には目覚ましいものがある」けれど、「女性進出の道」が「生産的仕事に携は」る「金銭労働」の「職業婦人」にだけ集中しているように見える。それができない「一般家庭婦人」は「消費生活」をおくるべくよぎなくされている。「厳密に云へば消費生活と云つても、究極の目的は育児、家事等みな生産職務のそれであ」る。二つの分類は「単なる様式別に過ぎない」、「時代の経済観からみる時は、前者にも後者にも一般的な過激な波浪は押し寄せてゐる」と。つぎは自説をきっぱり述べる。女たちの進出の道が「ただひとつの道」へ偏向している現状に、異を唱えたのである。

平塚らいてうと交際

つぎは、昔の同級生をたずねた。けれど、その対応は〈けんもほろろだった〉という。鷹野家は、娘三弥子の女学校の授業料が払えなくなるほど困窮する。〈注文原稿がとだえた母は、勇を鼓して、医師になっていた吉岡房子（女医の草分け吉岡弥生の妹）に就職先を紹介してもらおうと再会した。でも、帰宅した母は憔悴してました〉と、三弥子は話す。それ以降、つぎは外出しようとせず〈家に引きこもりがちになった〉。翌々年の一九三五年（昭和十）には長女をなくし、つぎは、たびかさなる不幸から結核を再発する。その翌年、重体におちいり、東京朝日新聞に「倒れた母の芸術」（36・4・16）という見出しで報じられた。四十七歳だった。ついに一家は離散することとなる。

〈そんな非科学的なことをしていてはいけない〉。作家としてのつぎの存在を尊重していた、劇作家の長谷川時雨が、若林つやに答える。長年の友人らいてうが、結核で自宅療養するつぎのもとに、宗教団体〈生長の家〉の〈祈祷師〉を送りこんだことを聞かされた長谷川が心配したのだ。同郷のよしみからつやが、専門医の安田徳太郎を鷹野家に案内した。つやはわたしに、〈祈祷師にたよるらいてう〉と〈共産党の代々木の病院でなくなったらいてう〉とが結びつかないといぶかりながら、この挿話を明かしている。わたしは、生長の家本部へ電話で問い合わせてみた。その回答によれば、当時〈祈祷師〉という存在はなく、正しくは〈本部講師〉〈熱心な信徒〉であると。講師は〈患者のいのちを礼拝しそのあとで対話の時間をもつ。禅でほんとうの祈りをふかめ、心の本来の姿をみつめていく〉とも。らいてうの自伝『元始、女性は太陽であった――平塚らいてう自伝』下巻（71・9　大月書店）を読むと、半生を結核で苦しんだ姉が信仰で救われたことが書かれてある。らいてうがつぎに、自分も信仰していた生長の家をすすめても、なんらふしぎはない。つぎは安田博士から結核性腹膜炎と診断され、本格的な入院治療をはじめる。

つぎは〈へビースモーカー〉だった。つぎの姪神谷ことさんに取材して、わたしはどこにも書かれていないこの事実をはじめて知った。姉が〈からだに毒だよ〉と忠告しても、つぎは〈だって、たばこを吸うと頭がすーっとして仕事ができるんだもん〉と、反発した。つぎはしゃあしゃあと答えているようだが、しかし、つぎにとってものを書くことがどんなに大変だったか、ものがたる挿話ではないだろうか。

結核療養中に仏教と出会う

浄風園の高層病棟の上には、大空がひろがる。大空は、つぎの仰臥の目と向かいあう。眺めていると、心身の圧迫感が解放されていく。いま「最後の自由」が大空にある。死の影におびえていたつぎが、このような平安をえるまでには、二年の時間がかかった。

黙って天井をみつめる日がつづく。つぎは、天井の木目の一つ一つに自分のうめきが染みていくのを感じた。ところがいま、「大空を眺めてゐると飽かないばかりでなく、心身の圧迫感が解放されたやうに快かつた。無限の大気の中に」自分がまるで「清冽な水に放たれた魚であるかのやうな喜びを感ずる」。そして「光と雲の移動する壮観を見てゐると、曾ての寂空感すら活々と、新たに感得されてくるのであつた」。このように「大空に対ひて」(40・1「書物展望」)に書かれている。「人間のことは、云はばすべての感得にいたる道程にある」とも、つぎは説く。宇宙へ思いをはせていくその想念が、いかにも新鮮ではないか。つぎは、何によってそのような「再生のよろこび」を感得したのであろう。

つぎは、竹内茂代の紹介で浄風園に入院していた。キリスト教を標ぼうし、その趣旨のもとに経営されていたその結核療養所は、長野県青沼出身の篤志家が設立したものだといわれるが、ここに、藤村の「新生」のモデル島崎こま子も入院し他界している。「新生」は、藤村が実の姪とかかわり、子までなした不倫を清算するために告白した長編である。病院の各室には、患者の慰安と称して宗教を説く人たちが出入りしていた。クリスチャンになるよう入信もすすめられるが、しかしつぎは、勧誘的宗教をこばみ、日本古来の本質を究めている仏教に傾倒するのだ。その信仰の光で、ふっと心を変えてみた。心境がのびのびと開けて融通無碍の域に達していく。つぎは、もともと心に何かを求める人だった。また、らいてうとの交友をとおして禅の思想に触れてもいた。

さらにベッドの上で『歎異抄』をよむ。親鸞聖人の教えを書きとめた、その弟子唯円の著作である。『デクノボーになりたい――私の宮澤賢治』（05・3 小学館）の著者山折哲雄によれば、「日本人の宗教感覚には、すべての宗教的世界に開かれているようなところがある」という。つぎは、大きな意味での「他力」が身体を治癒している、つまり「ほとけの力」に気づくのであった。仏教との縁が、死の影におびえるつぎを、その苦境から救いあげたのである。つぎは、白隠禅師の「病気になつたら病人になりきるがよろしく候」の教えどおり、心身を天にゆだねながら精神を解放させていく。許す範囲で仕事せよ、とアドバイスする女医の存在も、つぎをささえた。頑固にならず視野をせばめず、つぎは「宇宙的存在」としての人間を実感していく。「悠久なものへの帰命」が、自分を平安に置いてくれる。来世へと希望をつなぎ、つぎは明るみへと脱出するのだった。「再生のよろこび」がどんなに魅力的なものか、体得するのである。

「病者としての鷹野つぎの冴えた神経は、寝ながらに人生の縮図をみることができる。深刻な人生を見学してゐる。錯綜した人生の幅が、病室の中にもそのまま拡がつてゐる」。板垣直子は、『現代文学代表作全集』第三巻（48・11　萬里閣）のなかで、このように解説している。つぎは、病室内に格差社会をみた。同室者の経歴は勤労階級の人が多い。貧富の差はヘルパーの有無につながる。さらにつぎは、人のさまざまな死にようの壮絶をまのあたりにした。そのリアルな描出は、読者の胸をかきむしってくる。作家つぎの眼の、なんと冷酷なことであろう。もしつぎに病気がなかったなら、べつの発展を示したかもしれないとも、板垣は書く。この説にわたしは賛成だ。つぎのこのような観察眼とねばりづよい筆力をもってすれば、長編小説の世界だって可能だったろう。つぎの母校の男性国語教師が、〈夫弥三郎がいなけりゃ、つぎは作家になれなかったろう〉と言った。そうだろうか、そんなことはない。むしろ、夫によって才能と環境を壊されたと、わたしは思っている。

感銘ふかい『幽明記』

「文学に行けない女性でも、宗教にはたやすく行ける女性もある。希はくは宗教の方面に於ても判りのいい、開けた女性の新生が期待されるのである」（『幽明記』）。人間のかたくなさは、文学だけが必要でもなかった。宗教の雰囲気に囲まれてみて、ここにもいっぽうの窓を開けてくれる助けがあったと、つぎは説く。ここに、鷹野文学の新しい局面がおのずと提示されていよう。

この随想は、四十代後半に執筆されたものである。『幽明記』（26・4　古今書院）は、『鷹野つぎ著作集』第四巻（79・10　谷島屋）に復刻・収録されている。生と死、母と子、健康と病気など、両面を視野に入れつつ書きえた「病床の所産」にほかならない。わたしは、つぎの十一冊の著書のなかで、この『幽明記』をいちばんに評価したい。鷹野文学の特徴がおのずと発揮されている。つぎの作品群は、四巻の著作集（79・4〜10）によって読破できる。つぎの母校の同窓生で女性史研究者の隅谷茂子の尽力により、作品群が発掘されて著作集刊行へとつながっていった。第四巻には、あらたに六百四十一首の「短歌抄」が収まる。母なをの死から子どもとの七度目の死別にいたるまで、つぎは、もうひとつの私小説を詠んでいたのであった。

七人目の死別

一九三九（昭和十四）年秋、つぎは浄風園を退院する。その翌々年、沼袋の仮住まいで、七人目の子どもをなくしている。「七児を失ひて」（41・9「新女苑」）を読めば、飾り気のない率直な文章から、なんどもくりかえしてきた、母の悲哀がそくそくと伝わってくる。母と子を扱った作品はほかにもある。場面の描写がじつにあざやかなのだ。利発な子どもたちの姿が想像される。母と子の関係は濃密だが、べたべたしていない。母は、子どもたちを一個の人格とみなす。母の身を案じる子どもたちの思いやりも、また格別だ。その一人が、母さんはいつも忙しくしていて詰まらなかった、と言いながら死んでいった。作家である母は、たのしみ薄かった空虚がさらに大きな空虚をひろげた、と書いている。そしていま、歩行困難になった母が入院するため他人に背負われ出ていく姿をみおくったその子が、逝ってしまう。子どもを失う悲しみは慣れることがない。でも、つぎはへこたれない。眼を転じてひろい世間の不幸をみれば、まだこのくらいのものではない。乱れた感情をどう鎮静したらよいのか。つぎは、マンスフィールドの『バアカアの生涯』を読む。自分の悲しみのはるか前方を歩いている偉大な忍苦の人をそこに見つけた思いで、つぎは踏みこたえるのだった。松原湖畔の七つの墓には、うららかな陽光がさし、小鳥が飛んできてはさえずっている。

つぎのもとには二人の子がのこされた。二男鷹野次弥は、長じて中学の英語教師に就き、さらに東大の事務局に勤めるが、大学紛争のストレスから一九七〇（昭和四十五）年、他界する。鷹野三弥子は、父の郷里の農協に勤めていた。二〇〇五（平成十七）年になくなる。

一九三九（昭和十四）年十一月のこと、高円寺の平林英子からつぎのもとに、九日付書簡がとどく。つぎは、英子がはじめて出会った純文学の先輩作家であった。つぎのはがきにはこう書かれている。〈たい子さんからも此の程御手紙を頂きましたがまだ御返事も差し上げませんが　今に私も落ち着きましたなら　たい子さんにはいろいろ申して見たい事が沢山あります〉。午前十時ころ気分がいちばんよいので来てくれと、つぎは英子にねだっている。

若林つやは、つぎの仮寓をたずねた。〈棚には、弥三郎がてずから製本した歌稿集や草稿の綴じなどが保存されていた〉。つぎにとって、書きものが保存されていることがなによりもよろこびであった。わたしはその製本を、つぎの娘の家で手にとって見ている。弥三郎のまとめた書誌にはミスがあり完全ではないが、彼のまめまめしさを思ったものだ。

つぎは、七人目の子をなくした翌々年、他界する。一九四三（昭和十八）年三月十九日のことであった。享年五十三歳。「またとなきおほき戦さの行末も明らめもせでわれは逝くなり」。こんな辞世のうたを詠んで。〈ここにつぎさんが住んでたのね〉。柱をなでまわしながら往年の女性ファンが鷹野つぎの死を悼んでいたと、娘の三弥子が話す。

弥三郎もこの年十月、つぎの後を追うように浄風園で他界する。その半年前であろう。弥三郎は、つぎの生地浜松にその姉をたずねている。すでにつぎの実家はなくなっていた。つぎの姉の娘神谷さんのもとに、そのときの写真が保存されていた。わたしはなぜか、それを目にしつつ安どの気分がひたひたとわいてくるのをおぼえたものだ。町の写真館で撮ったその写真には、姉夫婦のななめうしろに弥三郎が立っている。こざっぱりした洋服姿だ。禿げかかった頭部がめだつ。親族の八人の子どもは、よそゆきの装いである。彼らの半そでから察するに、時期は夏であったろう。〈あの男とさえ結婚しなければ〉と、終生嘆いていた姉は、その男を目の前になにを思うたろう。出奔してから生家には帰れなかった妻つぎに詫びる、いわば贖罪の気持ちが、弥三郎を当地へおもむかせたのだろうか。〈このとき父はお寺に、母の衣鉢碑を建立するようお金を納めてきたけど、戦時中のことで実現しなかった〉と、これも娘の追憶である。

第二章　八木秋子――自由恋愛

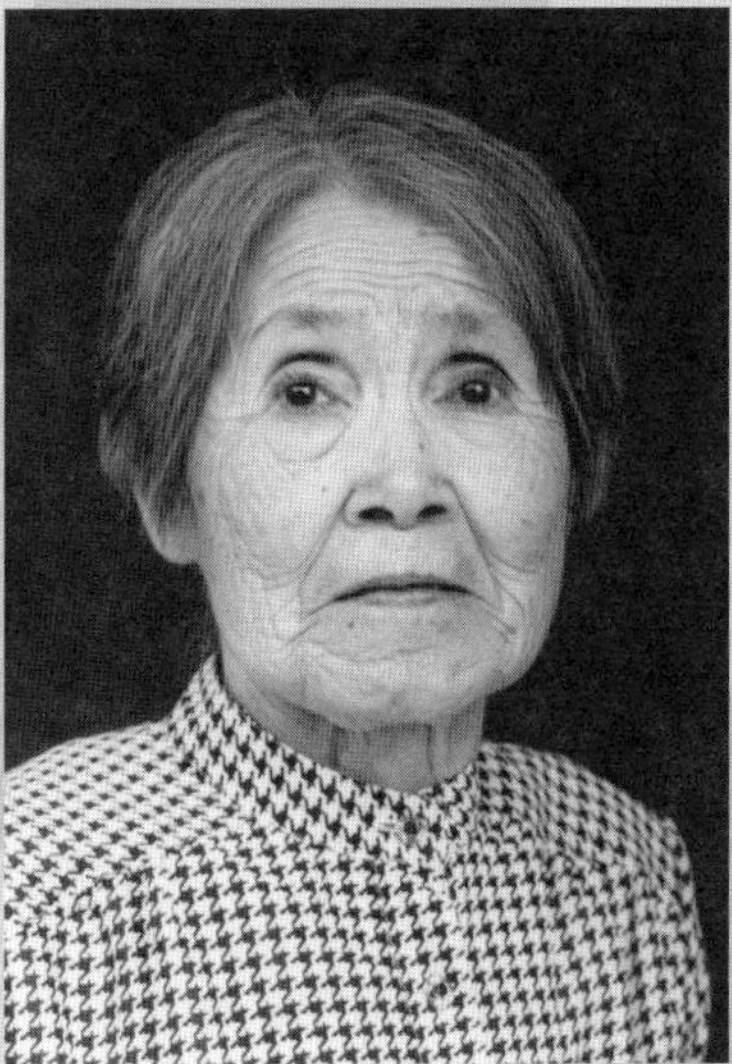

YAGI Akiko　1895.9.6~1983.4.30

個の確立をめざし、行動する

埼玉県民の日、フリー乗車券を利用して、わたしは、東武東上線の高坂駅へむかった。西口に降りたつと、前方には山並みが、青空を背にくっきりと見えた。歩道を行けば、一定間隔にブロンズ像が現れてくる。彫刻家高田博厚の作品だ。六十四歳の八木秋子が恋い焦がれた人、高田の作品が実際に見たくて、わたしはここにやってきたのであった。像の立つ土台のプレートの説明を読んでいくと、ひとつには、人間の中心なる胴体だけで美を示せる作品が本当の彫刻家だ、とある。高田作品にはトルソが多い。顔も腕も足もない裸婦のトルソは、黙して存在し、無限に、見る者へ語りかけてくるものなのか。

晩年に刊行された『異境への往還から』（八木秋子著作集第3巻　81・5　JCA出版）にはじめて公開された、一九五九（昭和三十四）年から一九六一（昭和三十六）年までの秋子の「日記」、ここには「求道の人」高田博厚への熱烈な愛が告白されている。「破壊を経て創造をなしとげるこの道程を経ないものを信じ愛さぬと、秋子は書く。高田の作品と人とが本物でありうるのはそこに由来する、とも。トルソを完全作品にさせうるだけの彫刻家としての力量と、また文章家でもある彼の内的充実に、秋子は、共感し熱愛したのかもしれない。

その「日記」には、秋子の自省も刻まれる。「何一つ書かず、作らず、年老いて、いま単に一人の文芸愛好者を自らの姿として見出すことはさびしい」と。文学にひきずられた来しかたを悲劇であったともいう。

だが秋子は、この中継地点での悲嘆をのりこえ、八十歳代まで書きつづけている。畳に腹ばいのような格好でなにか書いていた。〈あぁ、あんただったの〉。ふりむいた秋子の目は射るようにするどい。なお書かずにいられぬ秋子の執念が垣間見えるようであった。東京都の老人ホーム養育院をたずねて何回目だったか、〈いまドストエフスキーを読んでいる〉とも、話しかけてくる。林芙美子も平林たい子も秋子も寄稿した「女人藝術」について尋ねるための訪問であったが、わたしはその後も足を運ぶことになる。〈あんたと話していると、あれもこれも書きたくなる〉と、秋子は、あつい手でわたしの手を握りしめてきた。そのぬくもりの奥深くには、かけがえのない生の軌跡が、たたみこまれてあるのだ、悲劇ではあっても徒労ではないそれが。秋子は、生存の自由と恋愛の自由を求めつつ個の確立をめざした。自由とは、人間らしく、自分らしく生きること。その途上では挫折にもみまわれる。しかしへこたれず、そのつど立ちあがってきたのだ。秋子は、どのような生の軌跡を描いてきたのだろう。

八木秋子は、本名を八木あきといい、一八九五（明治二十八）年九月六日、長野県木曽郡に生まれる。七人きょうだいの末子だ。父は、近隣から木曽福島の八木家に入婿する。郡役所に二十八年つとめた。〈ただ小さな職場を守るというのが根本で、そこから少しずつ根や枝を広げていこうとした、冒険的な気持ちはなかった〉と、秋子は回想する。〈子どもたちは、いつもこれじゃと思っていた。母は、隣近所の寄りあいでリーダー的存在だったけど、とにかく気が強かった〉。

幼少のころは〈むしろ反動的だった〉とも、秋子は言う。父はもと武士であった。正月・天長節・紀元節の日、日曜日の朝、子どもたちを火の気のない座敷に一列に立って並ばせる。〈謹んで天皇陛下万歳〉と、父が唱えはじめると、子どもたちも、そのとおり復唱していく。そんな雰囲気がととのっていたが、次兄は、その式をバカにして足がしびれたと表へとび出ていく。姉たちは、気分をこわすと怒ったが、秋子は、〈どこかおかしみを覚えた〉ようだ。

文学とキリスト教に触発される

一九〇九（明治四十二）年三月、秋子は、福島尋常高等小学校を卒業すると、翌々年四月、松本女子職業学校（松本美須々ヶ丘高校）に入学する。〈姉のひさは、女らしく育ちいつ結婚してもよいが、お前は、もう気の毒なほどだ〉。父の配慮から、一年で卒業できるこの実業補習学校が選ばれた。秋子は、四年制の本科四学年に編入し裁縫を学んでいる。袋物をつくる技術を教師から習っても、頭を素通りしてしまう。蓄膿症をわずらっていて根気がない。縫いとりの上に鼻汁がぽたぽた落ちる。秋子はこんな思い出をおもしろそうに、わたしに語ったことがある。一九一二（明治四十五）年三月、〈いやいやながら〉一年を終えたが、秋子にはほかに、もっと胸とどろかすものがあった。

秋子は、同郷の詩人島崎藤村の「初恋」などの新体詩を読む。〈一生懸命涙をながすほど読んだ。あんときの感動のしかたってのは、ちっとばかしじゃぁなかった〉。職業学校の寄宿舎では、夕暮れになると、みんなの前で、徳冨蘆花の「思出の記」や「自然と人生」を朗読した。国木田独歩の「武蔵野」なども読み、自分の感ずるままその実感にすがりついた。自身の感受性を大切にしつつ情緒をはぐくむ。秋子はこの時期、読書の間口もひろげていたのであろう。姉たちの影響でキリスト教に関心をいだき、父母の制止もきかず賛美歌をうたうのも、このころだ。一九〇八（明治四十一）年、秋子はキリスト教の洗礼を受けている。これは、姪の岡照子さんの証言である。

「元始、女性は実に太陽であった」。「青鞜」創刊号の、平塚らいてうのこの発刊の辞は、片田舎の乙女心をゆさぶった。一九一一（明治四十四）年、らいてうの主宰する女性文学者グループ、青鞜社が発足する。その機関誌「青鞜」は、評論や文芸作品をとおして女たちの、旧道徳からの解放と奮起をよびかけた。明治国家の強いた、女性を差別し抑圧する良妻賢母の方針に抵抗した「新しい女」たちの言動は新聞に報じられ、秋子も、おもしろく読んでいたのだ。ついでに書けば、数年後のこと、秋子は、結婚して上京すると間もなく、らいてうの田端の家を訪ねている。らいてうが長男を出産したあとの一九一八（大正七）年ころ。〈こんなに内気で、言葉を抑え抑えてしゃべるこの人が、新しい女たちの親分なのか〉。すでにらいてうは戦線から退き、与謝野晶子と「母性保護論争」をたたかわせていた。らいてうの〈物静かなたたずまい〉は意外で、秋子はたいそうおどろく。

もう一つ、秋子をときめかせたものがあった。「女子文壇」の愛読だ。作家の登竜門としてのこの雑誌には、岸つぎ子（鷹野つぎ）も書いていた。次号が楽しみで、選者の、河合酔茗先生や横瀬夜雨先生が、どんな批評をしてくるか、ハートが高鳴る。〈文学って、こんなにもおもしろいものか！〉。秋子十代の文学的めざめにちがいない。〈近代的な生き方がしたくて、どれだけあがいたかしれない〉秋子の。

結婚に疑問

一九一七（大正六）年、秋子は、古山六郎と結婚。そして上京するが、どうして彼と結婚したのだろう。わたしはこのいきさつを秋子に訊きのがしてしまった。恋愛結婚ではない。古山はクリスチャンで、隣県恵那の中地主の息子だ。そのとき教員をしていた。秋子は、老人ホームに入居しているとき、個人通信「あるはなく」（77・7～82・7）を十五号まで発行するが、その第一号に掲載された、実質的な発行人との対談を読みながら、わたしは、秋子の結婚も時代の女としての通過点であったかと、思ったものだ。

古山の本棚には、卒業した陶器学校の中学教科書だけしかない。親戚への挨拶状の文言もわからない。ある日のこと。新劇女優の松井須磨子が恋人島村抱月の急死のあとを追って自殺したことを報じる号外を、秋子は読んだ。それを話題にすれば夫は、スマコって何者だと言う。須磨子演じる、『人形の家』のノラが見たかったのに、もはやその機会をなくし秋子は、涙をながす。イプセンの『人形の家』は、夫から人形のように扱われていたノラがめざめ、自立した人として生きる道をもとめて家出するという物語だ。一九一一（明治四十四）年、そのヒロインを須磨子が初演し反響をよんだ。

「阿呆、おんしはなんという阿呆だ、それでも子供の母親か、一家の妻か」「人形の家など一足で踏みつぶせばいちどにペシャンコだ」。さあさあ、めしだ。食卓の前にすわる夫をみて秋子は失望を感じるのだった。さらに夫の性の横暴。いったんふたを開けなければわからないのが、じつは夫の性のありようなのだが、毎夜、夫は要求してきた。秋子は、夫の欲望を満たすモノだ。セックスがあるから働く勇気もわくし貧乏に耐えることもできるのだと、夫はぬかすのである。

自分は、こういう生活をおくるために、文学を読んだりしてきたのだろうか、秋子の結婚への懐疑はつのるけれど、子ども健一郎がいた。一九一九（大正八）年五月に出産した四つの子を置いて家を出るのは容易ではない。子を悲しませる自分はエゴイストだ。針のむしろの上の日日がつづく。ふりきらねばならぬところにまで悩み考え、自分を追いつめていく。夫と別れる方策はこれしかない、と離婚したものの、子どものことはのちのちまで、「罪の意識」として秋子を苦しめることとなる。誰にも打ち明けられず、「自分の中で捨てるしかない。捨てて捨てて捨て切ったところにアナキズムがあった」と、秋子は個人通信の対談にこたえている。

秋子は健一郎を負ぶい、小川未明をたずねる。小川は、商業主義に妥協しないで童話を書いてきた人で、当時、種蒔く人、日本社会主義同盟から脱会し、童話宣言を発表していた。長女をなくし悲しみの渦中にあった。秋子に、ロシアの作家アルツイバーシェフの『サーニン』を読むようすすめる。主婦の秋子にはむずかしかったが、小川を訪ねることで、秋子は、社会・思想的に触発される。日本最初の社会主義的な女性団体、赤瀾会などに参加し、母としてさまざまな生き方があることをまのあたりにした。一九二一（大正十）年、第二回メーデーに秋子は駆けつける。

そして、その年十二月に書いた「婦人の解放」が翌年一月、「種蒔く人」に掲載される。「自分の内に萌え出でんとする生命の芽」を「生長させねばならぬ」と書き、秋子は、わが主張にあとおしされるように、直後の二月、古山と離婚するのだった。

補習教育について地元紙に発表

わたしは信濃毎日新聞に、秋子の「人と文学」について連載したあと、国会図書館で、同紙の鷹野つぎへのインタビュー記事を探しているとき、婦人欄のその記事のよこに、「八木あき子」署名の「女子補習教育に就て」と題する文章を、発見したのだった。一九二四（大正十三）年七月二十二日から二十八日までの七回の連載だ。秋子は、離婚後に帰郷し、地元の小学校の裁縫教師を一年つとめている。そこを退職し、再上京する直前の執筆なのである。

補習教育は、十二月から翌年三月までの、冬期のもの。生徒は製糸工女や農家の子女で、三、四か月の受講を楽しみにしていた。秋子は、こう訴えている。この期間を充実させるには、どうしたらよいか。針を運ぶ彼女たちの荒れた手を見よ。十四、五歳の彼女たちの心は、なにを望んでいるのか。教師は、技術を教えるだけでなく、姉・相談相手であってほしい。女学校教育の改善はいわれても、なぜ世人は、農村子女の改革ののろしをあげないのか。「農村の荒廃、農村の疲弊を口にするものよ、それを救ふべき鍵は彼女等の啓蒙運動にある事をさとれ」と。

秋子の情熱が伝わってくる文章だ。体験による観察眼と提言が、いかにも秋子のものらしい。処女作には書き手の特徴が出そろうものである。教職は退いたが主張すべきは主張しておこう。秋子のそんな気負いも伝わってくる。この発表は、秋子に上京をうながす。生来の向学心と好奇心を、いよいよ刺激してきた。両親がなくなり身軽にもなっていた。十月、秋子は、ふたたび上京するのだった。

〈あたしの人生にも、男性が何人か登場するけど、まだ書くつもりはない〉。こう秋子が話したことがある。その一人、所三男との性愛をわたしが知ったのは、秋子が他界してからだ。歌人の杉山直の教示だが、所は、杉山の近世文書解読の師にあたる。師の私事を、『八木家の娘たち――自立への道程』（85・11　非売品）のなかには明かせなかったという。秋子は、一九二三（大正十二）年三月から翌年三月まで、日義尋常小学校で専科と学課を担当していた。〈訓導の給与は四十円であった〉。そこで、代用教員をしていた所と出会っている。職場の恋は一年ほどで終わる。秋子は、いつも一つ職場に長くとどまらない。所のほうは大学に入学する。秋子の自伝的ドラマ『夢の落葉を』（八木秋子著作集第2巻　78・12　ＪＣＡ出版）のなかの青年教師の姿に、所は投影されていないか。

わたしは所に手紙を書き、電話もかけてみた。所三男は日本林政史学者だ。藤村の『夜明け前』の資料探訪に同行したのがきっかけで、木曽山林史の研究にたずさわるようになったと、竹内誠が『朝日人物事典』（90・12）に紹介している。所の電話は、はじめは歯切れが悪かった。八木先生はどんな人でした？〈文人として活躍するような、情熱的な才人でした〉と、張りのある声が返ってきた。〈いったん結婚して一児をもうけて離婚していたなぞ、こちらは承知していなかった〉と、所はつづける。しかし、〈あなたも忙しいでしょうし、ぼくもここんとこ取りこんでて、きょうはこのくらいでご勘弁を〉と言って、受話器を置くのだった。ガチャリという音を耳にしながら、秋子は彼の心のなかに生きていると、わたしは想ったものだ。所は〈あきさん〉とも〈秋子〉とも呼んだ。行きずりの恋ではなかったろう。所にとって秋子は、はじめての女性であったかもしれない。のちに所は、太田水穂主宰の「潮音」の会に属し短歌を詠んでいる。

新聞社の嘱託になる

「生きて行く上に、自分のほんとうのものを知りたい、発見したい」（無題　77・7「あるはなく」）。秋子はこのように、東京日日新聞社入社の面接試験に答えたという。「生活がそのまま勉強」と、秋子は考えていた。大学や専門学校で学ぶだけが勉強ではない。秋子の人生を象徴するようなことばだ。「生きているかぎり人間でありたい」。その実現の道のりこそ、つまり秋子の「勉強」にほかならない。

当社は、一九一六（大正五）年、記者の神近市子（のちに衆議院議員）が、恋愛関係のもつれから、恋人のアナーキスト大杉栄を日蔭茶屋で刺傷する事件を起こして以来、女性記者を採用していなかった。そこへ、秋子の「角笛」欄への投稿が、編集部長新妻莞の目にとまる。投稿二点は同紙の、一九二四（大正十三）年十二月六日付と十八日付に掲載された。女性投稿者が少ないときで、「巣鴨の田舎女」という匿名なのだ。〈この筆者は男だろう。もし女ならおもしろいぞ〉。新妻は〈妻で活動家の新妻イト（伊都子）に、秋子に会いたいむね手紙を書かせた〉。新妻イトは、タイピスト女塾を経営し女性の職場進出に尽くしていた。一九二七（昭和二）年に結成された関東婦人同盟の執行委員長をつとめている。

入社試験が行われて秋子は、同年三月、東京日日新聞社に採用される。が、わたしが問い合わせた、現在の毎日新聞社人事部の回答によれば〈在籍の確認がとれない〉という。秋子はアルバイトの身分ではなかったか。面接試験では、まず〈総同盟、新興勢力についてどう考えるか〉訊かれる。つぎに〈二紙を比較検討した文章〉を提出させられる。秋子はそのころ鎌倉で、同郷の東大生たちと借家に住んでいた。〈大学新聞にたずさわる彼らの話を聴いていれば、充分答えられるものであった〉と、秋子はわたしに話している。

一九二五（大正十四）年三月十五日付同紙には、「入学試験の成績はどうか」という記事が、その紙面を埋めている。これは、秋子が〈自主的に取材したなかから編集部が選択したもの〉である。社命で秋子は、仏教学者木村泰賢をたずねた。〈サンスクリットとはどんな宗派ですか〉〈これまで千人くらいの記者と会ったが、あなたほど、率直な人はいない〉と言い、木村博士は爆笑。サンスクリットとは言語の流れのこと。〈無欲ほど恐ろしいものはない〉と、秋子は失敗談をたのしげに追憶した。

さらに女性作家の書斎を訪問。その一人〈宇野千代は、格別美人でなかったが、目に特徴がありました〉と言う。「女は寂しいもの――宇野千代氏（婦人雑談）」（25・5・20）という記事が掲載されると、同僚が〈兄貴の嫁さんがえらく怒ってたぜ〉と知らせる。宇野はなにに気分を害したのか。秋子もなにに、とは言わなかった。「一人の時はいつも何となく、窓の外で呼びかけるこゑがありさうな、そして何か非常な幸福のものが待つてゐるやうな気もちがたえず動いてゐたのですね」。いま読んでも、ロマンチックな場面を想像させる宇野談話なのに。宇野はそのとき、尾崎士郎と同棲中だった。

秋子は〈給料の前借り名人〉と言うのは、当時、時事新報社に勤めていた石川すずである。有島武郎の情死事件の相手波多野秋子が新聞記者であったことから、女性記者の存在が世間に注目されていた。秋子と石川、それに國民新聞社の金子（山高）しげりのトリオは、水曜クラブを結成し、会合をかさねる。〈八木さんは、毅然とした性格であった。周りには社会主義学生団体、東大新人会の学生たちが集まり、ちやほやされ、まるで女王のようでした〉とも、石川は回想した。

この記者時代こそ、秋子の人生のハイライトにちがいない。しかし秋子は、断髪を敢行し、新聞社を解雇される。〈記者はあちこちへおもむき、ときには変装の必要もある。なのに断髪とは怠慢だ〉と。秋子は、仲間とともにストライキの応援に行き、要注意記者として社からマークされていた。秋子の生活は、非合法の世界へ移行しつつあった。生きることの困難に直面するが、困難を痛感すれば痛感するほどそれは魅力あるものとなり、新しい生活の発見へと、秋子を駆りたてていた。あげく一九二七（昭和二）年に退社。人間の感動を圧殺するような官僚的な組織は、自由人秋子の肌に合わなかったのであろう。

この国の人たちは、失業と貧困にあえいでいた。革命近しという思いで闘っていた人たちがいた。秋子も革命を夢みる。日本俸給生活者組合の会合に出席する。このマルクス主義研究会で唯物史観について学習するが、福本イズムという指導理論が君臨し、出席者はみな同じ発言をする。

秋子は、場ちがいの質問をしてひんしゅくを買った。彼らには人間の愛情や憤りや悲しみがあるのか、「人間を支配するのはもっと微妙な好ききらいや、選択の本能であらう」から、組織を支配し多数決がその歯車を動かすことについて、秋子は組織のなかの民衆不在を実感するのであった。「わたしの時代」(64・7「自由連合」)のなかにそう書いてある。秋子はたしかに、革新組織の画一的な実態をよくとらえている。しかしそのような自分の反発が、じつは政治の本質につながるのだとまでは、当時判断がおよばなかったと、秋子は自省もしている。

宮崎晃と出会う

そんなおり、秋子の前に現れたのが、アナーキスト宮崎晃である。彼は、秋子より五歳下であった。旧制小倉中学校普通科を一九一九(大正八)年三月に卒業後、銀行員、鉄道局員をへて、一九二四(大正十三)年、弁護士をめざし上京し、日本労働学院(〈いまの学校とはちがい私室のようなもの〉)に止宿。大塚貞三郎と交わり、研究生としてアナーキズムの文献を耽読していた。一九二六(大正十五)年九月には、日立製作所争議を応援し、その経営者邸に放火したかどで検挙される。保釈後、日本労働学院で開かれた講座の席で、秋子と出会うのだった。

ボルシェビズム(共産主義)とアナーキズム(無政府主義)の主張が激突するおりのこと。アナーキズムとは、「国家権力などすべての政治的権力を否定し、個人の自由を絶対化する思想」

と、『日本国語大辞典』第一巻（02・1　小学館）には説明されている。

秋子は、宮崎に理論的にやりこめられたらしい。同時に恋心が触発される。翌年には同棲する。〈あなたも後をついていきたくなるような美男だったよ〉と、宮崎についてわたしに話したのは、二人の同志星野準二である。たしかに、星野が保管する宮崎の遺品の写真をみれば、彼は美男子だ。その記念写真には宮崎父子と秋子がおさまる。父親は着物に羽織、彼はジャケットのなかにベストとネクタイ。秋子も洋装で、三人はめかしこんでいる。太りぎみの身体をつつむ秋子の洋服の、ボタンがいくつも付いたデザインがおしゃれだ。記者をしていたときの撮影であろう。

西武鉄道が開発した分譲地、目白文化村の家で、宮崎が窃盗容疑でつかまる。一九三二（昭和七）年一月のこと。

秋子は男装した。和服のうえに男の外套のマントを着る。帽子をかぶり眼鏡をかけマスクをつける。下駄を履く。そのせっぱつまった姿形は、執念そのものだ。〈こうと決めたらやれるというのが凄い。ぼくには女装せよといわれてもできんもの〉と、星野は言う。世田谷署に拘留された宮崎を奪還したいから、〈いっしょにやってくれ〉と、秋子は同志にもちかける。星野には〈ジャックナイフを貸せ〉と言う。屈強な警察官にはナイフが武器なのだ。〈だめだよ、そうしても奪還はできん。われわれは運動を進めるべきだ〉。ナイフをあきらめた秋子は、素手でたちむかう。ひとり外出し夕暮れにはもどるが、宮崎の身柄が、拘留尋問のために世田谷警察署から地方裁判所へ移送されるのを、秋子はねらうのであった。「裁判所官舎の間の一本道を歩く俺、見おくるお前、それが三年有余のお前との生別だ」とは、第二次「黒色戦線」に掲載された、「獄中から」（32・4）の「M生」つまり宮崎が秋子へあてた手紙だ。二月に収監された市ヶ谷刑務所で書いている。彼を奪還できなくても、秋子は、恋人の姿をひと目見ることができたのである。

奪還のパフォーマンスと併行して秋子は、「佐伯明子」の名で「奪還せよ」（32・4「黒色戦線」）を書く。「生存の自由と恋愛の自由とを確保された社会において、初めて女性は女性としての生活に帰ることが出来る」「吾々女性は男性と固く団結して共同の敵と戦はねばならぬ責任がある」と。

訣別

「一介糟糠の妻として暗き半生を至上の内助者たりしお前に泪とともに厚き感謝を捧げる」。さきに引用した宮崎の手紙のつづきである。〈なんだ、宮崎くんは秋さんのことをこんなふうにしか思ってなかったのか〉。雑誌を読んで同志が言う。〈そんなもんよ〉と秋子は応じるものの、心中には怒りがこみあげてくる。自分は彼の「内助者」であったとは。宮崎との六年は何だったのか。秋子は、〈今後、アナーキストの自分は存在するけど、内助者としての自分はないと思ってくれ〉と、訣別の返事をしたためる。同志との交流もたち秋子は「普通の女」に還るのだった。

このころの秋子を、稲作研究者の松島省三が見かけている。姉芦沢ミつの代々木八幡の借家で。

姉は松本師範を卒業後、小学校の教員をしていた。夫をなくし、二男が医大に入学したのを機に上京。その借家に松島は下宿していた。〈あきさんは、荷物もなくやってきた。疲れてる様子で、定職もなくぶらぶらしているうち居候した。あっぱっぱを着た足をくずして行儀が悪い。変わってるな。でも不快でない。明るく屈託のない人でした。新聞を読んでは、芦沢さんの二男と議論をかわしてるのを覚えてます。長男の東大生のほうが、断片的な学問しかない秋子に同情していた〉と、松島は話す。

〈井の頭にいるころ、あたしは苦労したなぁ。宮崎の家族がぞろぞろ病気になって、看病した〉。秋子は、遠くを見つめるように、その当時を、わたしに語ったものだ。『八木秋子著作集』全三巻（78・4〜81・5）の出版記念会が行われる数日前、スーパーで、その会に着用するスリップを買ったあと、となりのレストランでクリームパフェを食べながら。〈運動に参加するまでのプロセスが幼稚でした。アナーキストなぞ少しも評価できない。なにか外で応援の必要があると、真っ先に男たちはとび出ていく。生活の上で女たちとどうやっていくか、まったく考えなかった。とにかく、女だけが苦労した。ひどいところまでいってしまった。途中で普通の主婦になろうと思ったけど、引き返せない。戦線からの脱落は恥だったから。なかなか終わらなくてね。彼は冷たい人でした。あたし言ったことがあるの、どうしてあたしを知的に利用しないのって。窃盗などして田舎の人にでも知れたらどうするのって〉。このとき秋子の脳裏には、高群逸枝と橋本憲三夫妻の〈一心同体の、ともに成長しつつそれぞれの仕事を遂行するという理想の関係〉が、浮かんでいたのだと思う。高群は女性問題についてアナーキズムの立場から評論活動を展開した研究者だが、夫に生計と家事をまかせて「森の家」にこもり研究に専念する。そんな夫妻のありように秋子は羨望をいだいていた。

秋子は、個人通信のインタビューには発表を前提に語っているはずだ。そのいわば裏バージョンを、わたしは聞かされたわけである。どちらも、秋子の真実にちがいない。整合性がないとは批判できない。レストランで話しこんでいる最中、秋子は二度、席を立っている。たばこを買いに、代金を払いに。取材者にひきだされたくない一点、それは避けてとおりたい。わたしは、秋子の屈辱の記憶に触れそうになったのか。一九三二（昭和七）年四月には、秋子も、宮崎についで贓物牙保罪でつかまっている。執行猶予の刑がきまり保釈されたあと、秋子は、別のアナーキストグループから呼びだされ、〈きみらのやりかたは運動の面よごしだと罵倒された〉と言う。〈当時の警察のアナーキストへの理解は皆無に近かった〉そうだ。〈アナーキストといえば、パチンコと爆弾で代表され、いつなにをやらかすかわからぬ〉とされていた。

カメラなどの盗品を質屋で換金して罪に問われたことは、子どもを捨てたことにつぐ、二つ目のペナルティーとして、秋子をのちのちまで苦しめていたのである。「渇すれども盗泉の水を飲まず」という故事がある。泥棒は、武士道の倫理にそむく行為であろう。秋子の父は、さきに書くとおり元武士だ。父の教えに背く不正に近づいてしまった悔恨は、終生、秋子を責めていたのだ。

秋子は潜行中の宮崎を必死で守った。その背後から、〈父は気の毒な人だった〉という心情が、秋子をあとおししていなかったか。「父・八木定義のこと」（77・11　78・3「あるはなく」）にくわしい。秋子の政友会所属の叔父は、衆議院議員の補欠選挙で当選する。しかし、落選した民政党陣営から資金面を追及され、警察沙汰になった。町長をへて銀行支店長にあった父も、その巻きぞえを食い、背任横領罪に問われ失脚する。この経緯を秋子は、人間の悲劇である以上に、社会の不合理としてとらえる。その抵抗が、秋子の人間形成の土台にもなった。〈本当にかわいそうだった。よくやってきた人でした〉。その父が失意の日日、料理屋の女将を愛した。父のたったひとつのラブ。よくよくのことだと、秋子は父の不倫を非難してはいない。このころから、恋愛の自由をねがっていたとも言う。〈あこがれの男性〉の父と、恋人宮崎の姿とが、秋子の胸中でオーバーラップしていたとは、想像できる。倫理と愛情のはざまで、秋子は苦しんだ。しかし、〈宮崎へ愛情があるから引きずられていったのだ〉という糸は、彼の入獄でぷつんと途切れる。肉体・セックスから離れたとき、彼との別離はかたまっていた。農青社事件の法廷における破婚宣言は、だから、その場の思いつきでも、権力への偽装工作でもないのだ。

闘争への反省

わたしは、延島治（松本正枝）を老人ホームに訪ねている。夫延島英一の高群逸枝との不倫を経験した治へは話しやすかったのか。秋子は回想して治に、〈あたしってばかねぇ〉と打ち明けたという。逃走中の宮崎を知り合いの奥さんに匿ってくれるよう依頼する。闘争費をかき集めては彼のもとへ。ふたたび訪れると二人は消えていた。できていた。秋子ははたと気づくのであった。宮崎の裏切りはちょくちょくあった。人間らしく生きたい、とねがって彼にさんざん尽くした秋子のくやしさは、これだけではない。

農村青年社は小さなグループで、家計は女の秋子の肩にかかっていた。ある日、秋子は政論家の吉野作造のところへ。〈大杉栄が死んでもう日本には、アナーキストは姿を消していたとおもってたが、あなたのような人がやってるのですか〉。吉野はおどろきつつ、しかし〈私は教授という給料とりだから、カンパはできない〉と言い、紹介状を書いてくれた。紹介先の日本商工会議所代理、渡辺銕三のもとへは、〈秋子の指示で、宮崎と自分が行った。このカンパで何か月かは生活できた〉と、星野は証言する。

〈アナーキストは、マルキシストとちがいます。男たちは学歴もなくグータラで、賃金奴隷になるのはいやだといって、家計はすべて女の手に負わされた。マルキシズム運動には組織的なつながりがあった。女性活動家の立場もちゃんとしていたし、救援活動もあった。経済も、その範囲で処理されていた。あたし、考えてたの。家庭人として子どものことも考えて闘える運動にすべきだって。でも、事が起こるとその解決にあたるのは、同志の夫人や肉親たちだけでした〉。

クリームパフェを食べていた秋子は、眼鏡をはずし寂しそうな表情になる。秋子の目に涙がにじんでいた。〈女である、自分の内面の責任ではない〉という秋子の問いに、わたしは、運動のありかたが問題ではなかったかとこたえる。マルキシスト陣営に属していた女たちも、じつは秋子と同じような批判をしているので、両陣営のどちらがよい、わるいとは言えない。昭和初期の革命運動は、プロレタリアの解放運動であっても、女たちの解放運動ではなかった。秋子が男との共闘、団結を望んでも、それは理想論にすぎなかったのではないか。

わたしの全共闘世代の男友達が言う、〈女たちはおにぎり部隊だった〉と。女は、活動家であるより炊事係・見張り役・差し入れ係で、宮崎のいう「内助者」としてしか位置づけされない。秋子の義兄が、秋子を心配してアパートをおとずれた。〈活動家の飯炊きをしていたよ。大物の闘士ではないぞ〉と、帰宅して妻に報告したそうな。

盗泉の水を飲んでしまった秋子は、その後、活動資金を合法的に得ようとした。四谷見付にポプラというバーを開店。マダム秋子のもとで同志の夫人や親族がはたらく。客には近くの慶大医学部の教員たちが寄ったが、〈ここは教会みたいだな〉とわらう。経営面は男たちが担当したものの実際的な協力はない。運営は短い間だった。しかし秋子の、家庭の主婦たちも参加して、という発想は、後年の市民運動につながっていくものであろう。

当時、実践活動に参加した女は少なかった。資金獲得に秋子はもっとも苦労した。密輸ピストルを入手するために大阪まで行っている。〈それには、企業資本をねらうしかない。武器のピストルがほしかった〉と、星野が明かす。〈どうして、ぼくたちが八木さんを抑圧したということになったのだろう〉〈獄中の宮崎からは、なにを勉強せよ、なにを差し入れよといってきた。これが過剰なものかもしれなかった〉と、星野は弁明するが、女と男の溝はふかい。

たしかに、秋子の自由恋愛の代償は大きい。しかしここで、さきの〈愛情があるから引きずられていったのだ〉という秋子の回想を、性があるから引きずられていったのだ、と変換してみよう。ちらっと秋子がわたしにもらしたことがある。〈性ということがあるから、当時のことは簡単には書けない〉と。自己を燃焼させた充実の期間、秋子は、元夫に強いられたような役割の性ではない、みずから求める性の快楽を、彼と共有していたのである。「性は飛翔したことの経験のあるものにとって墜落の体験ともなり、そこから人間の自由が生まれる」（「転生記」79・3「あるはなく」）と、秋子は書く。

「独房」（78・1「あるはなく」）には、こうある。女性は、思想・生活・男性と、この三つの闘争をよぎなくされた。日日がまさに抵抗で、いつ捕らえられるか不安と緊張の連続であったが、「生きることがたのしくてたまらなかった」「アナーキズムの方法と可能には疑問」を抱えながらも、「女としてこの異常な生活」は「苦しみが多いほど喜びでもあった」。それは、既成の価値観を拒んだ、一個人の生き方の追求で、思想から獲得したものだと、秋子は回想するのである。

「独房」は、時空を超えておなじ未決監につながった父と娘の対話形式がとられ、おもしろい。秋子の考えも明らかだが、しかし全体にあまい。父は、娘の行動を終始追認するだけ。娘は、かつての父の愛人問題を自由恋愛だと認める。娘が、嫉妬しヒステリーを起こす母の側に立ってその悲嘆をくむことのない姿勢は、それでよいのか。秋子は、六十歳という視座から過去を見つめなおし、身内の記憶をさらす勇断があってもよかったのに。小グループ、組織を離れて秋子個人の問題として向かいあえば、そこから何かしらひきだせたにちがいないと、わたしは残念だ。

「女人藝術」に寄稿

女たちの多くが寄稿している「女人藝術」についても、秋子はわたしに話す。純文学のなかに社会性をもちこんだことと。その社会性に思想をもたせ闘いの世界が開かれたことを、秋子は評価する。だが、〈「青鞜」のようには胸は打たれなかった。恋愛についても法で規制されていたころ読んだ「青鞜」の鮮烈な衝撃は、忘れられない〉と、秋子はくりかえして言う。この女人藝術社で、秋子は原稿の整理など手伝っている。もともと親交のあった歌人の今井邦子を介し、その主宰者長谷川時雨と出会う。長谷川から〈六十円の高額を給料としてもらう〉。秋子が潜行中の宮崎を支えていたことを、長谷川は知っていたろうか。

「女人藝術」は、一九二三（大正十二）年一月に「文藝春秋」を私費で創刊した小説家菊池寛もバックアップした。「女人藝術」の当初のスタイルや企画や趣向は、「文藝春秋」から採用しているという。〈どんどん派手にやれ〉と菊池が忠言する。長谷川の夫三上於菟吉も、遊郭で大衆小説をせっせと執筆しその稿料を雑誌にまわしてくる。ところが、〈同誌が左傾してくると、二人から待ったの声がかかった〉。男たちの援助も、女たちがおもしろおかしくやるぶんにはよかろう、という条件つきであったようだ。〈ほろりあわやイデオロギー〉とは、当時の流行語。ほろりとは、女の涙ややさしさ。あわやとは、刹那。涙ややさしさを刹那的に表現したなかにイデオロギーを盛りこめというものだが、同誌は一年足らずでイデオロギーを前面にうちだすことになった。

〈林芙美子さんは、心に浮かんだことをぽんぽん言ってのける。奔放な人でおもしろかった。ああいう人はめずらしい〉と、秋子は追想する。芙美子は同誌に、「秋が来たんだ——放浪記」(28・8~29・10)を連載している。一九二九(昭和四)年夏、秋子が芙美子とともに九州へ講演旅行したのは、長谷川の指示だった。早稲田の大学生が主催したもので、経済学者五来欣造が同行する。〈親のすねをかじってる学生の言うことを、みなさん、信じてはいけませんよ〉。芙美子はじつに愉快だ。夜になれば、〈だんなが一文無しで、いまごろ首をつってるかも〉と冗談をとばす。この旅行中に秋子は、形容しがたい衝撃を覚えるのだった。温泉の湯ぶねで疲れをいやしている、そこへ芙美子が入ってきた。彼女の全身がほとんどあざになっている。ぎくっとして秋子は息を飲む。黒っぽいあざのなかに白い肌が見えている。〈いいおふろねぇ。こんな豪華な入浴ってしたことないわ〉。芙美子は湯ぶねからあがる。翌朝になると、芙美子はけろりとしていた。秋子は〈このとき、彼女がいつも腕に包帯を巻いているわけがわかった〉と言うのである。さらに秋子は、蚊帳のなかでいきなり芙美子から接吻されたことも話している。二つとも、秋子にとって門外不出の挿話である。

「女人藝術」誌上で、秋子は藤森成吉とアナ・ボル論争をかわしている。一九二九（昭和四）年七月、「曇り日の独白（公開状——藤森成吉氏へ）」のなかに、一石を投じた。その「簡単な質問（藤森成吉氏へ）」（29・9）を要約すれば、感情が自由に表現された作品を書いていた藤森なのに、マルクス主義への転向で窮屈さを感じるようになった。主義により作家の自由が抹殺され、作品は画一的とならざるをえない。藤森たちはブルジョアとプロレタリアの対立にだけかたづけているが、プロレタリアどうしの相克だってあろう。マルキシズムという流行思想かならずしも真理とはいえないと、秋子は血気さかんだ。秋子の批判にたいして藤森は、国家の否定という文学の社会的使命がわかっていないと応酬する（「秋子氏へ（公開状について一言）」29・8「女人藝術」）。それは土台できないことと、秋子は藤森へやりかえすのであった。「真の幸福な社会生活は人間の自発的創造的意思によつてのみ生れる」という、秋子の「凡人の抗議」（29・10）のほうが、わたしには弾力的のように思う。

農村青年社の活動

この論争をへて、秋子は、長野県下の農村で啓蒙活動をおこなっている。マルクス主義の旋風が、この国を席巻していた一九三〇（昭和五）年秋、コミューン建設をめざした。一九三〇（昭和五）年、日本の失業者の数は二百万をこえた。前年十一月のニューヨーク株式市場の大暴落に端を発した世界経済恐慌が、この国にもおよんでいた。農民は貧窮し土地を手放し、中小企業は倒産する。資本主義は綻びはじめたのだった。プロレタリア解放運動は急速に成長していく。

「将来農業と工業とを結合させるために立地計画をたてる、そしてその設定された地域の中では人民の労働も生産も集団の運営でやり、それから消費も、所有も、生活の全部を挙げて人民が自分たちの理想郷の建設で共産化する。この素朴な生産協同体の地域を次第に拡げていく」（「独房」）。こんな革命プランを秋子たちはかかげた。活動は、県下をネット状に展開され、岡谷の製糸工場が生糸の暴落で倒産し失業した労働者から支持される。悲惨な状況を目にして秋子は、たたかう意義を自覚するのであった。〈平林たい子さんだって、故郷の惨状をみれば黙っていられなくなったでしょ〉と秋子は言うが、たい子はこのころ、作品世界に農村や農民の過酷さを描いていた。金銭の重みを実感していたから原稿で稼ぐしかなかったのだ。

この農青社運動で、秋子は数年後に検挙される。

一九三四（昭和九）年秋、秋子は、台風に見舞われた大阪へ。勤めはじめた通信社の取材の応援であった。そこで検挙されたのである。宮崎と離別してから三年が経過していた。この翌年の公判で、秋子は、宮崎との破婚をおおやけに宣言するのである。

一九三七（昭和十二）年二月初めの信濃毎日新聞を調べると、農青社事件にかんする十二回の公判記事がでてくる。この記事が解禁されたのは、事件の予審が終結したとき。前年十月に長野県関連で十五人が検挙され、治安維持法違反で起訴された。農青社は一九三二（昭和七）年に解散しているのに、なぜいまごろと思わせる、いわば見せしめのための検挙だった。

秋子も検挙者の一人で、鈴木靖之、宮崎晃、星野準二とともに公判に臨んでいる。同紙の記事は無署名だが、紅一点の秋子をからかっている。愛人宮崎の雄弁に興奮したとか、彼は愛人秋子の後ろ姿をかがやく目でみつめていたとか。傍聴席はいつも大入りで、秋子が脳貧血で欠席するとがっかりして眠りこける人もいた、とも書かれている。他紙でも秋子のことを、唯一の女闘士、情婦、黒い女性、内縁の妻などと呼び、当時のマスコミ報道と世間の人の意識がうかがえる。

公判での陳述

わたしがもっとも注目したいのは、この公判での秋子の最終陳述である。

一九三一（昭和六）年二月、目白村のアジトで、農青社は、自由コミューンの建設をめざし結成された。秋子は、その結成にまったく関知していないと陳述する。宮崎も、お茶くみ役の秋子をそのメンバーに加えることに不賛成だ、秋子のアナーキズムの理論は男女関係から追随したものにすぎない、と述べる。飢餓のどん底にあった長野の農村部に「自給経済革命」をこころざし、農青イズムを浸透させようと同志を獲得していく。その啓蒙活動のための出版資金や共同生活費を入手する方法として、窃盗を選ばざるをえなかった、とも。盗品を換金する質屋通いは秋子の役目で、それは宮崎や星野の命令に従ったまでのこと、とも。そして秋子はこう述べている。宮崎によって育まれたアナーキズム観は彼と別れるまえに清算している、いまの自分には「生きやうといふ信念以外にありません」（37・3・9　信濃毎日新聞）と。ところが五日後、秋子は、さきの否認の陳述をくつがえすのだ。農青社を解散してから「平和な家庭で人間らしい生活を送つてゐた人々を再びこのいまわしい法廷に立たせた事」は、宮崎の責任だが、「その影にあつた自分の「責任も問はれるのは当然のことだ」（37・3・14　信濃毎日新聞）と。この罪を清算したあかつきには自分自身に別れ、「プロレタリヤの一女性に還る決心」だとも、秋子は転向を宣言するのだった。さらに、宮崎は前日、正式に結婚して自分を救いたいと述べたけれど、彼の今後の精進の道を束縛してはならない、もはや、「姉と弟のやうな愛着」もない。過去との関係をたつと明言する。記事は「全被告があれほどかばつてくれた好意を捨てて」と、余分なコメントをつけている。

秋子はここで、自分の意志で運動には参加したのだと、その主体性をつよく主張したかったのである。それをいまだ認めぬ宮崎へのはげしい抗議でもある。当時この破婚宣言を、同志星野は〈権力への偽装工作〉とみた。〈宮崎と秋子の別離は、戦後になって知った〉と言う。秋子の宣言は、秋子個人の態度決定の表明にほかならない。それをしなければ、自分の人生の風景が変えられなかったのである。懲役二年六か月の判決がくだる。

小説家の山代巴に『不逞のきずな』（山代巴文庫第8巻　84・8　径書房）がある。一九四一

（昭和十六）年、山代が獄中にあったとき、非転向の夫と別れて転向せよと当局から迫られる。夫婦そろって大陸の専撫官になり占領地の住民に占領政策を理解させるなど、行動で示さねば転向ではないと、人間としての道をはずすところにまで追いこんできた。そのとき当局は、秋子のさきの最終陳述をもちだしてきたという。だが山代は「一度握った手は放すまい」と心に誓う。秋子と山代、二人の女の違いは、かかわった男の中身をも問うていないか。宮崎晃と山代吉宗の品格の違いかもしれない。

出獄後、満州へ

一九三八（昭和十三）年三月、出獄した秋子は、姉のさそいで旧満州（中国東北部）へ。芦沢家の長男が南満州鉄道につとめ大連に住んでいた。秋子は転向者であることを表明し、満鉄の新京支社に入社する。そこは転向者の吹きだまりであった。ここに「輝ク」で秋子の消息を知った長島暢子がやってきた。労働問題研究所で法律や賃金にかんする講習を受けていたおりの仲間だ。長島は憔悴している。出獄後に夫の裏切りを知りガス自殺を図っていた。二人は旧交をあたため公園を散策する。楊柳の古木から淡雪のような柳じょが舞い散るのをながめる。長島は秋子の社宅に六か月同居した。秋子は、新京支店の留守宅相談所で、社員の母子を保護する仕事にうちこむのだった。大陸という風土と自由な空気。秋子が天真爛漫にふるまう楽しそうな姿を、姪の秋月玉子さんが覚えている。しかしその動向は当局から監視されていた。自由を愛するがゆえの孤独と非妥協性のせつなさを、秋子はひしひしと感じるのである。

一九四五（昭和二十）年、終戦の年八月九日朝、旧ソ連の対日宣戦布告で事態は一変する。社宅街は真っ暗だ。秋子はひとり、室内にろうそくを立てて待っていた。奉天に出張した長島が来るはずだ。どこまでも行動をともにしようと誓っていた。でも現れない。秋子は、満鉄社員の家族を守り朝鮮の京城へおくりとどける。家族は日本の部隊に合流。そこに一か月とどまるが長島のことが心配でたまらず、満州にひき返そうとしたけれど三十八度線に阻止されるのだった。

秋子は長島の自殺を、戦後、神田でばったり会った知人から聞かされる。一九四六（昭和二十一）年一月、親と死別した子どもたちの世話をしていた長島は、侵攻したソ連兵に犯された。夫の目の前で妻が犯される。（加藤淑子の『ハルビンの詩《うた》がきこえる』（06・8　藤原書店）を参考にしてほしい）。これは不可抗力のことだから帰国しても黙っていようと申し合わせた。死ななくてもよかったのにと、その知人は言う。女たちにはまさかの時のため薬が配られていた。長島はそれを服用したのだ。遺書はなかったがふところには元夫の写真が入っていたという。どうして、あのとき親友のもとへ飛んでいかなかったのか。秋子は深い、重い悲しみに沈む。子どもを捨てる、盗泉を飲む、それにつぐ三つ目のペナルティーだ。長島はソ連を信じきっていた。信じるものすべてに裏切られた長島の絶望を思いながら、秋子は生きる意欲をうしなう。「積極的に職を求めてどのように更生しようなんて、それどころじゃない」（「マルキシスト長島暢子との思い出」

『近代の〈負〉を背負う女』八木秋子著作集第1巻　78・4　JCA出版）と、当時の心境を述べている。

戦後の覚悟

秋子の戦後がスタートする。秋子は、引揚者の援護団体に役員として入った。旧外務省が失業者救済のために設立したものだが、役人が引揚者の救援物資をヤミ（闇取り引き）にながして儲けるその狂奔するさまを見た。彼らは、哀れな人たちの声に耳を傾けるなどしない。「戦後世に華々しく政界や文壇に活躍を見せている昔の友人に、ただ生きている、というだけの出合に何の意味があろう」（「X先生への手紙」78・12「あるはなく」）。かつての同志や「女人藝術」時代の友たちを、秋子はいまさらさがす気もない。就職を依頼する歳でもない。もう一つ、創刊された「近代文學」（46・12）の座談会（「プロレタリア文学を語る2――平林たい子をかこんで」）のなかで、作家の埴谷雄高とたい子が、秋子はアナーキスト運動のしまいに強盗に入っただの、泥棒になっただのと、発言している。〈さっそうと登場した「近代文學」は、そりゃすばらしいもんでした〉と言う秋子は、この記事を読んでいないか。読んでいれば、秋子の衝撃はふかい。

秋子は、公判の陳述で「プロレタリヤ」になると宣言している。権力も名誉も欲しがらない。

個人として、上野の浮浪者収容施設に入居し、にこよん(日雇い労働者)をした。どん底の人生舞台を体験する。戦災者、引揚者、復員軍人などが全国から集まっていた。戦後の混乱のなか、人々は生きるのがやっとだった。秋子は女子班長として、女たちの相談にのったりトラブルに対応したりする。さらに、園長に認められて赤羽に新設された母子寮に就職することになる。以来十年、社会と隔絶され底辺に生きる母子の世界を生きるのだった。彼女たちの心と秋子の心は触れあう。秋子は機構の内側から訴える。日本の官僚主義、人間性を喪失した職員、無知で卑屈な母たち、ああ、これがこの国の福祉事業の真の姿なのか。母子たちが貧乏の苦しみから解かれ、安心して生きられる、自由な社会を実現するには、政治がよくならないかぎり望めないとも、秋子はここでの体験を書いた。「誰も知らない――母子寮の記録から」と題して「婦人公論」にもちこむが没になる。社会の片隅に生きる弱者にスポットをあてた意義は大きいのに。商業ジャーナリズムが少数派を排除したがるのは、昔も今も同じなのか。そのエッセイは、『異郷への往還から』に収録されている。

わが子との再会

一九六二(昭和三十七)年、六十七歳で秋子は、母子寮を退職し帰郷する。その間、福祉とりわけ母子救済の仕事に専念したのは、なぜであろう。不幸な母子のために余生を働いたのは、どうしてであろう。秋子の三つのペナルティーのうち、自身をもっとも苦しめていたのは、健一郎を捨てたことだ。その贖罪のためという答案を、わたしは考えてみたのである。

「あなたはなぜぼくをつれて出なかったか」（「わが子との再会」77・9「あるはなく」）。二十数年ぶりに再会した健一郎が秋子に問うてくる。健一郎の父は前年に他界していたが、長ずるにつれ、彼には自分の父親がどういう人かわかってきた。他人のことばに耳を貸すことも、自分をうごかすことも、できない人であった。健一郎がこのように語りかけたのは、秋子が引き揚げ後の東京での生活にゆきづまり、長野の製糸工場の女子寄宿舎の舎監をしているときのことだ。突然たずねてきた健一郎は、笑いながら母秋子をみつめる。息子は母の、木曽新聞に掲載された「満州脱出記」（未見）を伯母からもらって読んでいた。

健一郎の母への問いかけは、その後もつづいていたのであろう。だが健一郎は、盲腸炎の手遅れで死んでいく。親戚からの危篤を知らせる電報がとどくとすぐに、秋子は病院に駆けつけた。しかし二日後に健一郎は他界する。一九五一（昭和二十六）年の夏だった。行年三十二歳。息子の遺骨を胸にだきながら秋子は、〈健一郎、ごめんね。どうか天国で安らかに眠ってね〉と、語りかける。健一郎は大滝で小料理屋をしていた。〈うれしい、うれしい劇的な対面でした〉。病室での母子のようすをこう話すのは、彼の婚約者鳴海美代恵である。

四歳で手放した健一郎のぬくもりは、秋子の胸にしかと残されていたろう。その空しさは息子の死でさらに深まる。それを社会の貧しい母子に尽くすことで補てんしていく。それはペナルティーを克服する契機にもなったのではないか。公判陳述でプロレタリアになることを宣言した秋子である。福祉の仕事は、秋子ののっぴきならぬ選択であり、必然の道でもあったと、わたしは考える。「母子との裸の生活が居心地よく何もかもまっすぐに通じ合う、魂の照応があった」。そこに落ち着きをみたと、秋子は書いている。

千人を収容する公的女性保護施設には、のちに『荒野に叫ぶ声――女収容所列島』（98・11 社会評論社）を著す雫石とみがいた。〈八木先生はなつかしいような人。人柄がよかったですよ〉。息子の死をひどく悲しんでいたとも、雫石はわたしに話した。

六十代の熱愛告白

『異境への往還から』収録の「日記」には、高田博厚への濃密なラブが刻まれてある。高田は長期のフランス滞在から帰国していた。秋子が下落合のアトリエをたずねると、真っ赤な製作着で仕事に没頭している。高田の『思い出と人々』（59・7 みすず書房）などの著書を読み、「破壊を経て創造をなしとげる」その道程をふむ彼の人物と作品に、否定と絶望をへてきた秋子は、鮮烈な共感をいだくのだった。戦前の社会運動から戦後の社会福祉へ、秋子は、社会という視点から離れず日日を本当に生きてきた。贖罪から自己再生へ、その転換点に高田との出会いがあった。それは、行動・実践・肉体から創作・精神へと転換する契機でもあった。

秋子は、手記をしたためて高田へおくる。彼を理解したいとねがう「老女のラブレター」みたいなものだと、苦笑している。が、恥部までさらすように書いたものへ、彼から反響はない。秋子は空しさをかむ。しかし絶望的な恋愛から、芸術とは何であるかについて認識することができた。彼の終始無言の拒否は、夢に低迷する自分を憤ったものと、秋子は解釈する。二十五年のあいだ性を断ってきたが、いま彼を所有したいとねがう女の甘さに冷や水をかけてくれたのだ、とも。彼の冷厳なムチによって目覚めたことから、秋子は、文学への可能性を信じるのであった。反省主義、劣等感を捨てて自尊心をもとう。そして本当のものを執筆したい。三十年間、芸術の創造をわがこととして考えられなかったが、「お金をとるようになりたい」と、秋子は書いている。『夢の落葉を』を四年余りかけて完成させる。この長編は、文章がみずみずしい。過去の文章には感じられぬ艶もある。創作はやむにやまれぬ魂の表白だと主張する秋子は、社会運動家寺尾としの『伝説の時代——愛と革命の二十年』(80・5　未來社)を批判する。「この人の作に欠けたものは、愛、性、人間。在るものは組織と闘争である。そして、男とともに女が存在しない」と。わが文体を発見して愛・性・人間を書きたいと、秋子は高まいな理想をいだくのである。

秋子がさらに読書と執筆と思索の日日を過ごすのは、清瀬の雑木林そばのアパートだった。隣あう三つの木造アパートには、高齢の独身者が住まう。その多くが生活保護を受けていたという。秋子もその一人だ。〈あたしは、アナーキストだったから面の皮があつい。受給はなんともない〉と言うが、はたして本心なのだろうか。昔の同志が集うたとき、宮崎が秋子の生活保護受給を非難した。秋子はぷりっと怒った。〈国家からもらうのではない、国民に支えられているのだ〉と、宮崎の考えの偏狭さをただしたと、星野が話す。宮崎は出所後、商会をおこし雇い入れたタイピストと結婚していた。

秋子の〈四畳半の室内は本の山でした。原稿をいっぱい書いてた〉と、わたしに話した人がいる。秋子は、身の上は語らず、ただ、郷里の甥で医師の芦沢義夫の家に帰るのを、なによりも楽しみにしていたとも。秋子の故郷を愛する気持ちは、いつも変わらない。秋子の〈手製の五目寿司がおいしかった〉と言う人もいた。秋子はまた、老女たちの茶飲み会にくわわり、隣人の病気見舞いもする。しかし、二階の階段から転げ落ちたり火事を起こしそうになったりし家主や住民の意向をくんだ民生委員により、秋子は東京都の老人ホームに送りこまれるのだった。

秋子は母子寮を辞めてからは芦沢家に居候していたが、ふたたび上京している。相京範昭作成の「年譜」には一九六八（昭和四十三）年とあるが、その前年に、東十条で鳴海美代恵が秋子の姿を目撃している。〈先生、ここにいいのがありますよ〉。八百屋の女主人が言う。その声にふりむく鳴海の目が、先生の秋子の目とかちあった。さっと、秋子が店を出ていく。逃げるように。〈みすぼらしい身なりでした〉と、鳴海がわたしに明かした。一九六七（昭和四十二）年、秋子は、母子寮時代の古巣にまいもどり、それから宮崎の母と妹の住まいに同居し、そこをでて清瀬のアパートに過ごしている。

老人ホームに入居

そとから大木が涼しげな風を送ってくる。青い畳の上で、秋子はさきほどまですやすや眠っていた。〈あぁ、あんただったの〉。『平林たい子全集』の書誌にたずさわっていたわたしは、図書館や取材の帰りに老人ホームを訪ねている。ホームは東武東上線の大山にあった。〈お仕事、はかどってる?〉。秋子はにっこりする。深いしわをきざむ顔が、くるみの殻のおもてのようだ。〈あんたと警戒心なく話していると、たのしい〉と言う。自分が他人の眼にどう映るか、かなり気にする。おばあちゃんに見えるかと訊いてくる。〈いつも新鮮に生きたいわ〉とねがう秋子は八十代だが、そんな恥じらいがいとおしい。秋子は、ホームの付属病院に入退院をくりかえした。病室には、ベッドの上でのどをゴロゴロ鳴らす人、早くお迎えが来てほしいとつぶやく人、ここが痛いのと医師にあまえる人がいる。みな九十すぎだ。〈人間はウンチもおしっこもする。だれもすることとなんだよ〉。ナースが諭しながら、遠慮がちの秋子のオムツをとり替える。

〈ああいやだ、こんな所にいたくない〉と、秋子は声をあらげた。無断外出して始末書を取られたこともある。おばあちゃんと呼ばれるのをこばむ。自由人は、組織の網の目にとりかこまれた生活が嫌なのだ。〈自分は八木さんのようになりたくない。困ればああいう所へ行く、いちばんらくよ〉。秋子の旧友のことばだが、ホームは秋子にとって楽園ではない。

〈警察の食事より病院のほうがいいです〉。〈革命を起こすのだ〉と、乱心でさけぶ。現在と過去が交錯する、老いという新たな課題に、秋子は直面していた。ホームに入居後個人通信を発行し、そこに秋子は書いている。「自分の文章をまねられるものなら真似てみよ。自分はアナーキストから出発した」と。実質発行人の青年も書く、「彼女は病室ですら抵抗の姿勢を崩そうとしない」と。これを読んださきの旧友が、〈どういうふうに抵抗するっていうのよ〉と反論する。そうなのだ。秋子の大見得がはたして本心なのか、いや、発行人の意図で秋子にそう書かせたとすれば、秋子のいま在る真情は語れないと、わたしは思う。アナーキストの延長線上で執筆するのでも階級のことばでもない、人間のことばで、つまり文学の筆をもってしか、秋子の新たな課題は表現できないのではないか。

通信の「わたしの近況」(77・11「あるはなく」)のなかに、秋子は述べている。「眼に見える現実しか信じえない人間」によって造られている国に、どうして深い神の信仰や人間生活やまして革命の精神が育とうか。創造は無為の人間から生まれるのだ。それも経験と認識から、と。この二十一世紀の繁栄の社会に生きていたとしても、秋子のスタンスは変わらないと思う。「ただ視ている　じっと」(金子光晴)そんな余計者でいるだろう。人間らしく、自分らしく生きてきた秋子の発見は尊い。

なんの後ろ盾もなく、こつこつと秋子は書いてきた。その集大成が『八木秋子著作集』である。それを刊行へとこぎつけた通信発行人の青年の尽力はすばらしい。その出版記念会の日、会場まで、秋子とわたしは一緒だった。〈どういうふうに受けとっているやら、もとの同志が四人来るらしい。弁護する気にもならない。怒る気にもならない。あれで一応いいと思ってやってきたんですもの〉〈いまの生き方のほうが自然です。あのころの生き方は異常でした。つきあったアナーキストのことを書いてみたことがあったけど、書いていくうちにどんどんいやになった〉。秋子は胸中を吐露する。そして、出版記念会を開くことを〈末期現象だ〉と自嘲する。著書が刊行されて一段落ではない。秋子の魂の向上はなおつづいていた。〈彼らは落ちつくところに落ちついてるのに、あたしだけ老人ホーム暮らしで〉。土地やセカンドハウスをもつ元同志もいた。

〈あの人が見舞って帰ったあと、八木さんの症状がひどいんですよ〉。付属病院のナースが秋子の姪に言う。肉体の老いには勝てず、秋子の衰弱は進行していた。〈もう書けない〉と姪に訴える。青年は、訪問者の面会時間を制限し、手紙は自分のほうへ送ってくれなど、手を打っては秋子に書かせようとした。だが、秋子の不満と不信が爆発する。〈あたしはなにももらってないよ〉。そうだ、秋子は「日記」のなかに、文筆でお金がとりたいと書いていた。わたしは青年に、支払うよう提案した。〈なにもできないくせにイージーに言うな〉と、彼は逆襲した。『八木秋子著作集』の刊行で、朝日新聞などに自分の名前がとりあげられた。その手前があると彼は名誉にこだわる。どうして秋子にお金が必要だ、とも怒る。発行を商業ベースから切り離したところで進めているとも言う。秋子にアナーキストの延長線で書かせれば、秋子は早晩ゆきづまるはずだ。秋子は、〈アナーキズム運動なんて何ものこらなかった〉と言っているのだから。男たちの運動に参加する過程が幼稚だったと、秋子が批判するのも、彼らが個の確立なくしてグループをなしたことをいうのだと思う。秋子は、執筆の対価としての金銭を握りたかった、そうさせることが商業ベースから逸脱するものなのだろうか。

姪宅で、やすらかな最期

〈一年一か月は、おどろきとよろこびの感動の毎日でした〉と回想するのは、姪の岡照子さんである。秋子を老人ホームから前橋の自宅の一室にひきとり、秋子が他界するまで面倒をみた。秋子の入院は決まっていたが、〈叔母を精神病院には入院させたくない〉という姪の熱意は通じる。秋子は姪に親しんできた。〈あたしをよいとこに連れてってくれるんですって〉。個人で世話することの困難を理由にことわっていた院長の許可が、おりた。

秋子は寝たきりで会話ができない。岡さんが自分の姪とは気づいていない。脳血栓を患ったことのある秋子は、ときおり痙攣を起こす。体が硬直するようになって苦しそうだ。岡さんが賛美歌をうたう。ウ、ウ、ウ、とこたえているうちに、リズムが蘇ったのか、秋子は、岡さんの歌声に唱和するようになる。ホームの規則や束縛はここにはない。夜中に目を覚ますと、秋子は、しばらく芝生の上を歩きまわる。

〈神さま、どうぞ罪を許してください。あたしは、あらゆる罪を犯してきました。そのすべてを告白します〉。片手を高くあげて秋子は、涙をながすのだった。

秋子は、少しずつ回復していく。〈どうして、おくさんはそんなにうれしいんですか〉〈神さまが愛してくれるからです〉〈でもあたしは、すべてを神さまにお任せすることはできません〉。そばでこのやりとりを聴いていた、岡さんの長男（医師）が〈おばさんはけして痴呆じゃないよ〉と言う。秋子は毎週、教会の礼拝に通うようになる。じっと牧師の話に聴きいる。信仰がよくできていると、牧師がほめたそうだ。

岡さんの家での半年が過ぎるころ、秋子は、姪につぎのことを記録させている。「過去もなければ未来もない。それは何もかも否定することではない。もっと大きな気持ちで本当にうれしくなります。自分の過去に全くこだわらないし、過去に重きを置かないからです」「神様が与えて下さる本当のやすらぎと自由の中で、毎日の生活を楽しんでいます。こどくの魂は今は全くありません」（「主が備えて下さった学び」85・3『EMFジャーナル』）。

わたしは、岡さんに電話でたずねた。手紙も交換している。そのなかでもっとも心打たれたのは、さきの記述よりも、つぎのような挿話だ。岡さんの家には、母子家庭の人、養護施設に入居している人などが遊びにやってくる。彼らが弱い立場の人だと、秋子には察しがついた。秋子はかつて、母子寮などで多くの弱者と接触してきた。彼らが帰るとき玄関まで見おくる。〈ここはみんなの家よ。天国よ。困ったときはいつでも帰ってらっしゃい〉。秋子は〈そう言いながら、あったかい眼差しで彼らを見つめていた〉と、岡さんは追想する。秋子の視座は、終始一貫している。

秋子の個人通信を発行し著作集も編集した青年は、岡さんの配慮で、枕もとにすわり秋子の最期をみとる。一九八三（昭和五十八）年四月三十日、秋子は、八十七年の人生を閉じるのだった。遺骨は、秋子が終生心のよりどころにしていた芦沢の家族の胸にだかれつつ帰郷した。〈いまの女たちの生き方は、なまぬるい〉。秋子の激しい声が、わたしの脳裏にひびいてくる。

第三章

平林英子 — 学生結婚

HIRABAYASHI Eiko　1902.11.23~2001.12.17

夫に支えられ、自分らしく生きる

「日教組は日本の教育のがん」だと国政大臣が発言した。その失言のために、その妻が謝罪する。妻は政治家であり、社会的地位と経済力だってある。夫のために謝罪せざるをえない妻の胸中は、本当のところどうなのだろう。

平林英子の夫は、同業の中谷孝雄である。ある年のある午前、英子が応接間で若い研究者の取材をうけていた。起床のおそい中谷がいきなり、隣室からとびでてきて、〈日本浪曼派のなかで平林英子が一番すぐれている〉と、語気をつよめたそうな。かつて英子や真杉静枝などと「日本浪曼派」に属し、その場に居合わせた若林つやが、わたしに語った挿話だ。妻をもちあげずにいられぬ夫の衝動の底にあるものは、いったいなんなのだろう。英子は、十七歳のとき、三高の学生だった中谷と恋に落ち同棲した。学生結婚のさきがけだと中谷が自賛している。そんな明治男も、さきの政治家の現代女性も、パートナーを別人格としてつきはなせない。夫婦の関係とは、まこと不可思議ではないか。

わがアパートから十五分ほど歩けば、英子の住まいである。生前の英子を、わたしは何度かたずねた。農家の庭に菜の花が色とりどりに咲きそろう季節にも訪問している。しかしその日は、病床にあった。長男の死の衝撃から話ができなくなったと、棟つづきに住んで母の介護をする長女冨谷フサ子さんが言う。

はじめて訪ねたとき英子は、八十歳だった。〈還暦をすぎてから、何を書いてもよいと夫の許しがでた。悠々自適のいまがさいこうに幸せ〉と、にっこりする英子の肌は、つるつるしていた。小柄なからだを乗りだすように英子は話す。カチャカチャと、入れ歯のすれあう音がする。いかにも語るのが楽しそうであった。チャーミングな姿も忘れがたい。

元気なころのことであろうか。〈なんで、へんてこなじいさんと結婚したんだ〉と、孫が尋ねると、〈この人と結婚すれば勉強できると思ったから〉と、英子は答えたという。フサ子さんは、母と息子のやりとりの情景を脳裏に思い浮かべているらしく、いかにも愉快そうに、笑いながら話すのだ。勉強ができる、向学心が満たされる、という、夫への信頼の気持ちが、英子の人生を支えていたのだとすれば、それにこたえた中谷のさきの不可思議な言動の意味も、ちょっぴり理解できよう。

これもつやが明かした挿話だ。中谷・英子夫妻はいつも、どこへも連れだっていた。当時はめずらしい夫婦の光景だった。〈あなたは中谷さんのハンドバッグ！〉と、つやは英子をよく冷やかしたものだという。そのハンドバッグには、あちらこちらで見聞したことがせっせと詰めこまれていたのであろう。

〈妻として母として立派にやりこなしたうえで、なお小説も書きたい。なんと傲慢なことかと、つくづく思い知らされながらやってきた〉と、英子は話す。三人の子を出産し、うち一人はなくし二人を育てた。夫の作家業を優先し、主婦業もこなしている。そのような英子の文学には、ひたむきな生活感情が底流する。自分色を求めつつ平易なことばで書かれている。「よいと思ったことは自分の手でふれてみずにはいられない」人の文章でもある。五冊の著書がのこされる。

生い立ち

平林英子《えい》は、一九〇二（明治三十五）年十一月二十三日、長野県松本市に生まれる。六人きょうだいの長女だ。本名は〈平林こまよ〉である。英子は、この本名をずっと公表してこなかった。石川弘作成の年譜にもない。わたしは、信濃毎日新聞に英子にかんする文章を連載するとき、英子の出身校梓川小学校に問いあわせてみた。その回答によれば、本名は〈こまよ〉で、〈こ〉は古の変体がなだという。普通のひらがなとちがう字体の草がなで、漢字の草書体をさらに略してできた文字だ。一九一五（大正四）年三月、梓尋常高等小学校を卒業し、一九一七（大正六）年三月、同校の高等科を卒業している。

生地梓は、安曇郡の南に位置し、雪ふかい山村である。生家は上高地の入り口にあった。梓川の静かな瀬音を聞きながら英子は成長する。裏山で栗をひろい岩山をとびこえキノコやヤマブドウを採る。活発な幼少時代をすごした。見たことのない海は空のように広大で、川の何増倍もあるのだろうなぁ。想像のつばさをひろげ、情緒を培ってもいた。ひどい嵐の夜には布団のなかで、フクロウたちはどうしているのかなぁと、心を痛める。四年生になると英子は、少女雑誌のほかに、大人の読む小説をこっそり読むようになる。文学との出会いであるが、作家志望は後年のこと。高等科に入学すると、国語の時間に漱石の『坊つちゃん』や『吾輩は猫である』などに親しむ。自然主義文学や白樺派の作品にも接している。

英子の向学心はいよいよ膨らんでいた。けれども、女学校へは進学していない。〈もっと勉強がしたいから女学校へやっておくりゃ〉。両親に懸命にたのむが、進学を断念せざるをえなかった。平林家は、英子の幼少のころは中地主として使用人を何人もかかえ、経済的に豊かであった。しかし、両親は天理教の信仰に入れあげる。天理中学が創設されるといっては、借金してまで寄付をする。そんなおり、父親が保証人になっていた牛乳店が倒産したために、平林家は破産してしまう。土地、土蔵、母屋を手放し、一家は小さな家に移った。さらに不運に追いうちをかけるように新居が全焼するのだった。無一文になる。親戚も世間も、手のひらを返すように冷たい。彼らの薄情から英子は他人の裏面をみた。財産や家柄は形式でしかないとも知る。母は、布教師を養成する学校に入るのならよいと言った。英子は、その道に反発する。向学心は、両親の信仰偏重により、くやしいかな、阻まれたのだ。津田梅子の女子教育への貢献に触発されて抱いた、教育者になる夢も、こわれる。英子は、養蚕や畑仕事を手伝いながら失意の日日をすごす。頼むべきは自身なのだと、しみじみ思う。「この世の約束ごとを一度体中の力でふり払ってみたい」（『マロニエと梅の花』）。大空を自分の羽で能うかぎり飛んでみたい。山里からの脱出を、英子は決めるのだった。十八歳で婿養子をむかえた母は、〈上京たって女だからタカが知れてる〉と許したそうだ。

中谷孝雄と出会う

出郷した英子は、大阪へむかう。働きながら塾で学んだあと、京都へ。その地で一つ歳上の中谷孝雄と出会うのである。夜桜の嵐山にあそんだ帰りに寄ったカフェで、二人は意気投合する。一九二〇（大正九）年、英子十七歳、彼は三高二年の十八歳。彼は、彼女の肉体がほしかったと書いている。『中谷孝雄全集』第四巻（75・10 講談社）に収録される短編「蟬の声」「抱影」などに当時のことが私小説ふうに描かれる。英子よりも彫りのふかい文章だ。読んでいけば、まだ十代の彼女の大胆さがすごい。ずぼらで非社交的な中谷は、英子の精神的な支えも欲したのであろうか。二人は同棲する。

中谷は、高校を二回落第して五年がかりで卒業した、とは、遠藤佑作成の年譜にある。ある日、三重県から、仕送りをつづける父親が、息子の暮らしぶりを心配して訪ねてくる。中谷は長男で家督を継ぐことになっていた。さあたいへんだ。あわてふためいた中谷は、親には内緒の英子を、〈交際していた梶井基次郎の下宿先にあずける。空っぽの本棚には、西田幾多郎、田辺元、カントなどの哲学書を梶井から借りてならべる。父親は三日間滞在して帰っていった〉と、若林つやが話す。ついでに書けば、〈中谷はいつも起床すると夕暮れで学校に間にあわない。級友のノートを借用して筆写するのは、英子の役割。彼が東大に入学後もおなじであった〉。〈英子は三高と東大を出ている〉と、中谷は友人に自慢していたという。二人の自由結婚をものがたるほほえましい挿話ではないか。

この同棲時代に、英子は、同人誌「自画像」に短歌十首を発表する。英子の活字デビューだ。〈中谷の配慮で、知らぬまに載った〉と、英子は話す。中谷は英子の初志をとげさせようと配慮していたのであろう。わたしはその作品を未見なのだ。「自画像」を主宰する稲森宗太郎は、中谷の中学の後輩で、のちに「青空」に加わる歌人である。

心は混沌だけれど、英子は理想に燃えていた。一九二二（大正十二）年秋から、「新しき村」に入村している。〈純粋さをもとめる気持ちがつよくていろいろ勉強したく〉なったと、英子は追想する。単身、宮崎県日向の僻村へおもむく。以前から、人道主義の武者小路実篤の作品を読み武者小路を尊敬していた。『日本近代文学大事典』第四巻（77・11　日本近代文学館）の紅野敏郎の執筆によれば、武者小路が主宰するこの村は、「内心の要求につき動かされ、たがいに助けあい、ともにみずからの個性と生命を尊重し生かすべく」一九一八（大正七）年に創立された理想的集団のこと。ようやく基礎ができあったばかりの、会員三十数名の村に、英子は加わる。世間からは危険思想の集団と見られていたが、英子は村の精神に感動し共鳴する。一定時間を働けば、あとは勉強ができる。白樺派の武者小路に〈じかに小説の手ほどきが受けられるのも魅力であった〉。英子は武者小路に、詩と三十枚の創作を見せている。

入村すると村内にはちょうど三角関係が進行していた。武者小路は妻房子がいたが、会員の飯河安子を愛した。安子から恋を告白され、英子は〈秘密を守るのが苦痛であった〉。性格の異なる二人の女が激突するシーンを、英子はまのあたりにしたと話す。ここには半年の滞在だった。

東大生と事実婚

英子がふたたび、中谷と同棲するのは一九二四（大正十三）年九月である。その年四月に中谷は東大に入学した。「新しき村」から帰郷し、英子は長野新聞学芸部に勤めていた。女性解放幕開けのとき、婦人参政権獲得のために活動していた市川房枝の講演を取材する。英子は、県下唯一の女性記者であった。そんな日日、当地に中谷がむかえにきた。約束どおり東京で結婚するが、未届けのもの。

翌一九二五（大正十四）年一月、中谷の企画した同人誌「青空」が船出する。誌名は、「騒ぐものは騒げ、おれは青空」という〈武者小路の詩から採って英子が命名した〉。同人の梶井、淀野隆三、外村繁、大宅壮一などが、中谷の家に集まる。英子が手料理でむかえた。「ストーブみたい」と、英子を評したのは大宅だ。彼らのおさんどん役とはいえ、英子というハンドバッグは、彼らをよくよく観察し、ひたすら記憶をしまいこんでいた。のちに『青空の人たち』（69・12

皆美社)にまとめている。また英子は、熱っぽい雰囲気から自分の文学志望をかきたててもいたろう。

さらに翌年には長男泰夫が誕生。この長男の小学校入学を機に英子は入籍する。両親がどのように騒いだところでどうなるものでもない、という中谷は、最後まで守りとおす意志がだいじだと考えていた。一九二八（昭和三）年には二男を、英子は郷里で出産する。

上京すれば、極貧生活が待ちうけていた。中谷は、女の着物を質屋に持っていくのが嫌だとこばむ。と、ぼくが持ってってやると、梶井が英子の手から風呂敷包みをもぎとるようにして質屋へ駆けこんでいった。いい兄貴だなぁと、その後ろ姿に英子はほのぼのする。よく梶井は、中谷は暴君だといっては英子をかばった。「梶井基次郎」（68・12「ポリタイア」）のなかに、このような梶井の姿が、英子の筆であざやかに描かれている。一九二八（昭和三）年、中谷は兵役の義務から、東大を中退し入隊。英子は、外村の実家の木綿問屋ではたらいて家計を支える。布団地の見本をもってセールスに出かけるのである。

挑戦してみよう。〈自分のレベルがどれくらいか、ためしてみたい〉。英子は、梶井と大宅のすすめで書くことをはじめていた。讀賣新聞夕刊の「懸賞短篇」へ応募する。毎週火曜日が締め切りで毎月二編が掲載される。四百字詰め五枚まで。賞金は十円。二百二十七編からえらばれて、一九三〇（昭和五）年四月十四日付同紙に、「母性愛とは？」と題する文章が掲載される。「平林英子」というペンネームだ。「女性の作品としてはガッチリしたもので、センチメンタリズムの清算も手際がいい」と、講評がある。夫の失業で生活難にあえぐ母親が職探しへ。「母性愛という封建主義」から、どの職場も断ってきた。子どもはどんな状況に置かれても母親のからだの一部だと、女主人公は反発しつつ、もっと貪欲に食・職を求めようと心を決める。作者英子の実生活に取材しているせいか、作中には切迫感がただよう。

入選は、その二か月前に、実家に預けてあった二男を病気でなくした英子を、奮起させるきっかけとなった。まず手もちの習作を「女人藝術」編集部へ送ってみる。と、主宰者長谷川時雨から返事がとどき、英子は、女人藝術社を訪問するのだった。そこで編集員の若林つやと出会う。同誌には、「消え残る生活」が一九三〇（昭和五）年七月号に、翌年には「発端」（31・2）、「模範工場」（31・8）が発表される。これらは、『日本プロレタリア文学集』第二十三巻（87・11新日本出版社）でまとめて読むことができる。

日本プロレタリア作家同盟に加入

〈同盟には中条百合子や窪川いね子がすでに加入していて、そのなかで自分も理論的に勉強したかったのです。でも入ってみて、政治運動でした〉。英子は、こうわたしに話した。ここでも英子の向学心は、頭をもたげている。人としての権利にめざめた労働者の解放と生活向上をもとめた、プロレタリア文学運動全盛のときだった。「青空」の同人でも運動に参加する者がいた。

書き手の多くが左傾化していくとき。日本プロレタリア作家同盟には、英子に加入をすすめた松田解子のほかに中条（宮本）、窪川（佐多稲子）、神近市子、中本たか子がいた。婦人部に所属して啓蒙誌「働く婦人」の編集を手伝う。一九三一（昭和六）年暮れのことだ。

この直後、英子は、「婦人公論」の「懸賞当選短篇小説」に応募する。「第二席」に当選し、一九三二（昭和七）年五月号に発表された「美容院の人々」は、オルグ活動を描いている。営業部の事務員が、美容部員たちに文学サークルへの加入を働きかける。職場に不満をいだく部員を読書によって啓蒙し、組織化しようとする。応募作とはいっても、すでに〈こう書けという、同盟上部の政治的な指令があった〉と、英子は不服そうに話す。

英子は〈もともと下層階級への関心があった〉。郷里では農民と接し、職場も転々とした。働く者の貧困をまのあたりにした。友人の実家の問屋では、単なる使用人にすぎない。クロポトキンの『青年に訴ふ』の文章が英子の胸をたたいてくる。社会のシステムの不合理について考えるようになった。英子のささやかな、社会的覚醒にちがいない。英子のプロレタリア作品は、自然発生的な要素がつよい。しかし、さきの「消え残る生活」の冒頭にはこうある。「自然は一せいに春の衣装がえを始めた」と。英子本来の叙情性が顔をのぞかせている。文章もかたくるしさがなく平明だ。英子がこのような自身の資質を大切にしたいと思えば、上部の指令が〈頭にカチン〉ときて当然であろう。

一か月二十銭の同盟費を会員の家まであつめに行く。これも英子の作家同盟での仕事であった。

「働く婦人」が資金不足から廃刊になったのち、英子は財政部へ移る。淀野隆三が警察に捕まり、その後任の部長ポストに就いたのである。郷里から出てきた妹に家事をたのむ。細田民樹の家へむかう。近くまで来ると、ピアノの音が聞こえてきた。玄関を踏み入れば、贅沢な暮らしをしていそうだ、でも細田は同盟費をなかなか払おうとしない。着物のふところから札を投げやりによこす。〈物貰いをしているみたいで、自分に嫌気がさした〉。炎天のもと足を棒にして歩いても、集金はわずか。〈外へは労働者の解放を唱えるプロレタリア作家なのに、その言行不一致に、疑問をおぼえる〉。英子は〈自分は学問がないから記憶力が武器だ〉というが、来しかたがいきいきと語られ、思わず、取材するわたしは身を乗りだしていたものだ。

同盟上部の指示があれば、江東方面の文学サークルに出かける。一九三一（昭和六）年に生まれた、乳児の長女を背負っていくこともある。民家にはすでに同志や労働者が集まり窓には黒いカーテンが下りている。世間の目や警察に察知されマークされないためだ。一九二五（大正十四）年に治安維持法が制定されていた。共産主義活動は抑圧され集会の自由がない時代だった。討論会を開き、彼らに、資本家に搾取され低賃金にあえぐプロレタリアの感情や職場の劣悪を、小説に書くよう指導する。と一人から、〈自転車の上で小説が書けるか。働いていて小説が書けるか〉と苦情がとぶ。同盟の指導員が〈ブルジョア小説を読むな〉とアジる。〈商業誌の小説のほうがずっとおもしろいんだけどな〉と、正直に言う人もいた。〈修業も時間もなければ小説家にはなれない。徳永直のような労働者あがりの書き手はまれだった〉と、英子は話すのである。

〈徳永さんは立派な家に住んでました。労働者出身の作家は偉いですね。それなりの生活設計と行動で貧困から必死で這いあがろうとして〉とも。

英子は、同盟が主催する地方の講演会へおもむくこともある。長野県飯田の同盟支部で活躍していた横田文子と、英子は心をかよわす。〈横田は腕をまくしあげ、勇ましいスタイルだった〉。

夫から文学観を批判される

中谷は、自分の文学観を守って運動には参加しない。ついに、妻へ辛辣なことばを放ってきた。〈だいたい自分が筋の通る文章も書けないくせに、サークルの労働者を指導するなんぞ、思いあがりというもんだよ〉。英子も内心では、運動にたいして母・妻の立場から疑問をいだいていた。けれども、乗りかかった船から降りられはしない。いらいらしていた。そこへ、一九三三（昭和八）年二月、ブルジョアジーの支配体制を打倒して社会主義社会を実現しようと闘っていた小林多喜二が、警察の拷問で虐殺される。国家権力の、革命運動にたずさわる活動家や作家への弾圧が、いよいよ激しくなっていた。六月には、佐野学たちが獄中から転向声明を発表。そして翌年、プロレタリア運動は壊滅し、作家同盟は解散するのであった。英子は〈ほっと安どする〉のだった。

二年ほどの活動である。作家同盟解散の年、英子は「育くむもの」（34・7）を発表する。「婦人の為めの婦人自身の手による」趣旨で創刊されたばかりの、神近市子主宰の「婦人文藝」に。この短編は、プロレタリア運動の渦中でジレンマをかかえていた人にして描けたものだ。平林文学いちばんの力作ではないか。大衆の解放をうたいながらも、実際は大衆とかけ離れていた革命運動のありかたが浮上している。「文化団体」に参加した女性の、自分の側からの総括でもある。活動と家庭と育児を両立させることは、とても困難だ。理想を実現するために夫や子や妹を犠牲にしてよいのか、夫の側からも問題は突きつけられる。「ぐっすり寝てみたい。米びつをいっぱいにしてみたい」。切実なのはこの「ありふれた問題」なのだと、女主人公は疑問を投げかける。

「人民文庫」に対抗して「日本浪曼派」が、一九三五（昭和十）年三月、創刊される。ここでは、文学流派のちがう、英子と中谷が合流している。英子はおくれて同誌に参加した。しかし創作は発表していない。〈庶民の生活感情を書きたいのに、保田與重郎や芳賀檀が高まいな理論をふくもんだから、自信がなくなり足ぶみ状態になって〉と、英子は回想する。〈保田理論は特効薬みたいなもので、その副作用が高じて〉、英子は小説が書けなくなったというのだ。左翼の観念的な図式で書いていた、そこからの方向転換が、あるいは困難であったのかもしれない。

その後、一九四〇（昭和十五）年七月、創作集『南枝北枝』（ぐろりあ・そさえて）を刊行した。旧作四編と新作二編を収録する。英子はじめての著書である。

「育くむもの」の発表前後のできごとであろうか。英子の長男は小学四年になっていた。女人芸術社のつやのもとに速達がとどく。当時は一日で配達された。〈あした泰夫が遠足に出かけるので靴を買ってきてくれ〉とある。つやは退社後、英子の家に靴をとどけるが夫妻はいない。二人の子が布団からちょこんと顔をだしている。〈ヤスオちゃん、あなたの靴を買ってきたわよ。お母さんはどこ?〉英子は夫とともに近所で花札に興じていた。つやが明かした話である。

〈へんてこな家庭だ〉と子ども心に思った、と語るのは、冨谷フサ子さんである。高円寺の借家には、両親の文学仲間がしょっちゅう集まる。二階の室内はたばこの煙がもうもうと立ちこめる。彼らは朝がた帰っていく。父親は寝ていたが、母親英子は子どもたちを学校へおくりだす。一日じゅう父親が家にいた。〈うちはよそとちがう〉と、フサ子さんは気づく。へんてこな家に、中谷の師で作家の佐藤春夫もよく訪ねてきた。かならず、フサちゃんと呼んで五十銭をくれる。フサ子は〈急いで市場へとび、五銭のたいやきを十個買う。ふところがぬくぬくした〉と言う。

晩年の腹立ち

ここでひとつ、英子晩年の立腹話をしるしておこう。一九八八(昭和六十三)年十二月、『輝ク』(不二出版)の復刻版が刊行された。その第二巻の、「輝ク部隊」と「海の銃後」の目次を見て、英子はびっくり仰天する。二冊の原誌は一九四〇(昭和十五)年一月に発行された、陸軍海軍への「輝ク部隊慰問集」だ。「皇紀二千六百年記念」とある。当時、英子はこの雑誌へ送稿した。しかし編集部から、理由が明らかにされないまま、原稿がもどされている。深沢紅子のカットといっしょに。復刻版をみて英子は気づく。〈自分と同レベルの人の作品も載ってるのに。自分の能天気にアイソが尽きましたよ。主宰者長谷川時雨さんの、編集部員たちへの扱いがいけなかったのです〉。英子は、電話のむこうで怒っている。原稿が没になるくやしさは、わたしにもよく、よくわかる。延べ百人の書き手のなかには、英子のほかに鷹野つぎ、八木秋子、野上彌生子、川上喜久子、平林たい子も、入っていない。輝ク部隊が戦地の兵隊へおくる言葉として、「この集の執筆者は日本の知性層若き女性によつて結成され、銃後の赤誠をつくさうといたしてをる集りの中の、芸術部会員の作品による御慰問でございます」と、書かれてある。今日これを読めば、少数派のほうが賢明だと、わたしには思えてくる。

還暦後の作家活動

英子は還暦をすぎると、少しずつ書いていく。というのも、〈お前の書くものはいちいち読まない〉と、夫が宣言したからだ。いちいち文句を言わないから書けという許しがでたのであった。戦争中は、長野の実家に娘とともに疎開し、それから軽井沢千ヶ滝へ。当地に三年滞在する。少女小説を〈開成社の雑誌〉に書きたくさんの稿料をえた。戦後は、夫の執筆を優先して英子は執筆をやめていた。いま夫の許しがでて英子は、「くもの巣のようにはり巡らされた、この世の約束ごとを一度体中の力でふり払ってみたい」とねがう。一年生になったつもりで、一九六八〈昭和四十三）年、発行人檀一雄の季刊文芸誌「ポリタイア」第三号から「青空の人たち」を連載する。英子の記憶の武器は、むくむくと頭をもたげ、見聞は作品に変わっていく。「三好達治」（68・7）、「梶井基次郎」、「外村繁」（69・5）、「淀野隆三」（69・9）と。翌年には『青空の人たち』が刊行された。

「著者と一時間」（70・1・13　朝日新聞）のインタビューに、英子はこう応じている。「中谷がわたしが書くのをいやがりますし、それに夫婦とも小説家というのは、空に太陽が二つあるみたいなもので、どだい無理なんです」。時代をへてどだい無理なことをやりとげているのが、現代作家の、曽野綾子、小池真理子、角田光代などであろう。〈「青空」について男たちの書いたものは主観的だが、英子の書いたものは一番客観的だ〉。これも中谷の妻称揚の言であるが、英子の、五人の男性作家をめぐる回想記は、同時代に生きた著者の自伝にもなっている。若くして他界した梶井の姿が、すがすがしい。淀野、外村、三好についても肯定的な視座で書かれる。それと対照をなす武田麟太郎像も注目される。英子が作家同盟の会費を取りにいくと、うさんくさい表情でにらみつけて、もちあわせがないと奥の間に消えていった。武田は「青空」の同人ではなかったが、英子の苦闘の時期に出会った、印象ふかい作家であった。

英子は、さらに過去への記憶を蘇らせる。生地梓を舞台に一人の少女がめざめていく道程が、たんねんに描かれる。一九七三（昭和四十八）年八月、この自伝的な長編小説『夜明けの風』（浪曼）が刊行され、翌年三月、昭和四十八年度の第二十四回芸術選奨文部大臣新人賞を受賞する。

七十一歳の快挙だった。英子は、五十年ぶりに帰郷し、人びとの祝福を受けている。一九八五(昭和六十)年一月には、姉妹編に当たる『高原《やま》にも雀が』(85・1　皆美社)が刊行される。終戦後の疎開先軽井沢を舞台にくりひろげられる人間交流は、淡々としてあたたかい。戦地から帰還した夫は、本格的な作家活動がしたくて上京。妻は少女小説が売れて思いがけない稿料を手にする。娘は上京して女子大に入る。仮住まいから、それぞれが新たなスタートを切るのだ。自然を背景にした人間交流が、自分のことばで自分の感覚で描かれる。自分色の濃い著書にはなっているが、起伏やダイナミズムは感じられない。木を見て森を見ない、そんな読後感もわたしはもったものだ。

英子にはほかに、『マロニエと梅の花』(91・11　朝日書林)がある。八十歳の著書で、「普段着の足跡」をつづる五十編が収録される。エッセイの集大成である。

老いて英子は、中谷とともに京都を旅行している。中谷があるカフェをステッキで指しながら〈あれがお母さんとはじめてデートした店だよ〉と言う。同行したフサ子さんが、〈こうしたことはめったに口にしない父でしたのに〉と、ふりかえる。

〈先生、隠し子はいませんか〉と、中谷の弟子の一人がたずねた。〈ものぐさだ〉といわれる中谷にはそのようなロマンスはなかったようだ。「人は遊ぶために生まれてきた」と主張する中谷なのに、〈怠け者〉がわざわいしたのか。自宅に見知らぬ文学愛好家が、教えを請うて中谷をたずねてくる。先生の前でその人はぎこちなさそうだ。〈膝をくずしなさい〉と、そばから英子が声をかける。調べごともしないでやってきたその人は、〈中谷にどなられ、泣きながら帰っていった〉。こんな挿話も、わたしはフサ子さんから聴いている。

中谷は生涯、和服の文士をかたくなに押しとおした。〈いまどきの作家は教師をしながら書いている〉と、生半可な態度を批判していたそうだ。彼が文士をまっとうできたのも、妻英子のサポートがあってのことではないか。冒頭に書いた、中谷が妻英子をたたえることばも、あるいは、感謝の念から咄嗟に出たのかもしれない。あるいは、おれのハンドバッグを誇りたい男のプライドが言わせたのかもしれない。ともあれ、彼は英子の文学志望を閉ざすことなく一貫させた。一九九五（平成七）年九月、中谷は他界する。主宰していた俳句誌「鈴」を、第十五号から、英子はひきつぐのである。

英子の居間には、額入りの佐藤春夫の書がある。掛け軸の中谷の書もあった。フサ子さんの結婚の仲人で作家の駒田信二の書もあって、古風な雰囲気がただよう。フサ子さんがお茶に添えてくれた京菓子を口にしながら、わたしは、英子の元気な姿を思い浮かべていた。兵隊にとられるのがいやで北大理工学部に入学し、卒業後は旧農林省に勤めた長男が先だち、英子はかなりこたえたようである。病床から回復することなく、数年後の二〇〇一（平成十三）年十二月十七日、あの世へ旅立った。享年九十九歳。

第四章　川上喜久子――家庭内離婚

KAWAKAMI Kikuko　1904.11.23~1985.12.4

創作と育児の両立に悩む

〈喜久子さん〉。母のことをこう呼ぶのは川上洸である。川上喜久子の長男洸は、ロシア語、ポーランド語、英語の翻訳家で、最近は、アントニー・ビーヴァー著『赤軍記者グロースマン――独ソ戦取材ノート1941―45』（07・6　白水社）、ロドリク・ブレースウェート著『モスクワ攻防1941――戦時下の都市と住民』（08・8　白水社）の訳書を刊行している。この息子の業績をまのあたりにして、母はなんと言うだろう。ふと、喜久子の生前のことばがわたしの脳裏をよぎった。〈うちのせがれは、わたくしども夫婦に似て、出世べたでしてねぇ〉。洸は、権力志向の官僚にも、大企業のサラリーマンにも、エリート意識を鼻にかけた大学教授にもならず、自分の好きな道を今日まで歩いてきた。

長女の滋賀瑛子さんも洸も、子どものころ成績優秀で、喜久子は、父母会に出るたびに誇らしい気持ちになったという。生来の勝ち気と潔癖から、よその母や妻に負けないくらい立派に励んできたつもりだが、しかし、このような努力は、作家的成長のなんの足しにもならない。精神の力づよい成長を自分に感じるときは、建物をこぶしで壊し暴れたいほどの焦燥を味わうと、喜久子は、三十三歳の日記（『歳月の滓《おり》』）にしたためている。精神的充実をおぼえたときこそ、喜久子は書きたくなるのだ。しかし、家事や育児がその高揚感をそいでしまう。その繰り返しにたいする焦燥をいうのだと思う。

〈出世べた〉とは、わが子にたいする感慨ではなく、喜久子自身の作家活動への総括のことばではなかったか。喜久子が他界して二十数年がたつ。『近代女性作家精選集』（99〜00　ゆまに書房）から、川上作品は外されている。東京新聞夕刊に連載された「続々再発見　近代女性作家たち」（03・3・26）でも、その筆者は、ご令嬢は高女専攻科で知性を磨きとか、まさに金ピカのご身分とか、二児の母となっては作家業はむりとかあげつらい、川上文学をまっとうに評価していない。喜久子の〈出世べた〉の背後には、自分の置かれた作家的境遇への憤まんがうずまいていたのだ。そうだ、喜久子はそのとき、〈編集者は有名ばかり追っかけて〉とも、わたしにぶつけた。彼らは、埋もれた才能を発掘する労を惜しんでいるというのだ。作家の舞台登場は、くやしいかな、どの時代も機会均等にはなっていないのである。

喜久子は、五歳から二十五歳まで、日本の旧領土、朝鮮半島（韓国と北朝鮮）に過ごした。日本へ帰ったときちょうど、「女人藝術」で多くの女たちが活躍していたが、喜久子は同誌に寄稿していない。プロレタリア文学も書いていない。が、一九二七（昭和二）年に、朝鮮から大阪朝日新聞へ応募した懸賞小説が、入選している。入選作「或る醜き美顔術師」（27・4・7〜4・16）は、既成の貞操観を否定する。女の性欲は生命のあかしだという。美顔術師の美へのあこがれが凶器に変わるその感応の一瞬を描いて、喜久子の筆は、なかなか大胆なのだ。美顔術師は、傷つけた客の令嬢の唇からほとばしる血をちゅうちゅう吸うのである。

わたしは、喜久子のそのころのことが知りたくて、鎌倉の住まいをたずねた。そこではじめてわたしと同郷の人だとわかり、喜久子も、太平洋の潮騒を幼心にきざんでいるのだ、と近しさをおぼえたものだ。

その日は、秋日和だった。竹寺の裏手の川上宅は、質素なたたずまいだ。応接間のクッションが朝鮮半島からもち帰ったもののよう。細身の喜久子は、グレーの髪の毛をゆるやかにカールしていた。綿のロングスカートに羽織と足袋という和洋折衷の装いである。夫が他界して四か月、何かもぎとられたような空ろな気分も回復しつつあるのだろう。〈わたし、あるじさんに約束したの、十年は呼びにこないでって〉。執筆に反対した夫へのぐち話ではなく、喜久子は、弾む気持ちを抑えかねるように、同年輩の女性作家の挿話を語るのであった。〈島木健作さんが、宇野千代はだれとでも寝るんだよと言ってました〉〈宇野さんは、化粧しないでも美しい人で、旅先の風呂場で、前をかくさず堂々と歩いて。宿屋の女中さんを、手をポンとたたいて呼びだしてね〉。自分にはとても真似のできぬことだと、喜久子はさらりと話す。が、口調は滑らかでない。〈わたしは消極的で。なまじっか平等主義がわざわいしてお手伝いにもなめられてしまった〉と、おかしそうに笑うのであった。

喜久子は、懸賞小説の入選から十数年後にして、やっと本格デビューする。一九三六（昭和十一）年の文學界賞を獲得し、芥川賞の候補作にもなった「滅亡の門」（36・11「文學界」）は、女たちの身辺に取材した自伝的な作風とはちがう。たしかに喜久子は、傍流にあって異色の作家にちがいない。だからといって、軽視されるいわれはないのである。

喜久子は、八冊の創作集と二冊の随筆集をのこしている。その小説世界を探っていけば、そこには、男女の融合が浮上してくる。さらに、宇宙への想念が。ちまちました日常を離れた、当時にあっては新鮮なモティーフも、じつは、喜久子の実人生とかかわっていることに、わたしは取材してから後に気づくのだった。

朝鮮半島に渡る

川上喜久子は、一九〇四（明治三十七）年十一月二十三日、静岡県御前崎市に生まれる。本名を篠田喜久子という。十人きょうだいの二女だ。川上洸作成の年譜によれば、喜久子は、一九一〇（明治四十三）年四月、池新田を離れ、父篠田治策の赴任先である植民地（敗戦前、日本が支配していた土地）、京城（ソウル）へわたる。父は韓国統監府農商工部書記官をしていた。十月には、父が朝鮮総督府平安南道内務部長に就任したため平壌（ピョンヤン）へ。一九一一（明治四十四）年、平壌居留民団立平壌高等小学校に入学する。一九一七（大正七）年に卒業し、同じ年、平壌公立高等女学校に入学。一九二一（大正十）年、卒業し上京する。山脇高等女学校専攻科に入学し、一年間、家事について学んだ。翌年には卒業し、両親のいる平壌にもどる。

篠田一家が住まう官舎は、瑞気山のふもとにあった。屋根が三角にとがり洋風建築のモダンで立派なものであったという。そこには四季折々の風情がなく、季節の推移はきょくたんだ。零下二十度、三十度と寒く、壁には一センチも露が結ぶ。日本の習慣からは解放されていたが、正月のお供え餅は、じきに凍ってしまった。おごそかに寺の鐘がひびく。喜久子は教会へかよう。日韓併合後、十年経つか経たないころのこと、文化的に貧しい日本人社会にあって教会は、足りない何かを補おうとするものだった。教会の裏山はひろい丘陵地で、その一帯は外人居留地であった。李朝末期の疲弊しきった異国の社会に、伝道師が入りこんで医療奉仕に専念する。日本人にはとてもおよびがたい行為であった。医師の家に招かれることもあった。篠田家を訪れる人も多く、外国人も日本のさまざまな県人もいた。そこには身分や人種の差別はなかったと、喜久子は、このような来しかたを『影絵文様』(85・8 丸ノ内出版)のなかに書いている。

このころ、喜久子は、宗教に関心をもつようになる。教会や寺院がおこなう講演会へ出かけた。牧師から他宗教も崇敬せよといわれ、「歎異抄講話」に親しむ。兄太郎と弟隆治の影響で、ドストエフスキー、バルザック、アナトールフランスなどの文学作品を濫読する。大自然のただなかに思索を深めていく。思春期は情念の過多、そして幻覚に悩む。「若くて自殺した祖母の遺伝の血を内に感じつつ、死の誘惑に無我夢中で戦っていた」とも、同著に回想している。

父の赴任地で

子だくさんの篠田家は、内実はいつも火の車だった。父治策は、一九一九（大正八）年からは現在の知事にあたるポストにあったが、来る日も来る日もおなじ着物を用いていた。「天真の人」（67・4『篠田治策の思い出』非売品）のなかに、喜久子は、虚飾のない誠実な父のことを追想する。父は頂き物をきらったから、到来物の酒瓶など一本も見たことがなかったという。うっかり玄関を通っても母が返しにいく。近ごろの官僚には耳のいたい挿話であろう。そんな父の背中を見ながら喜久子は育っている。治策はのちに、李王職長官、京城大学総長をつとめた。東大出身者が内地で活躍するのとくらべれば、父の外地での活躍は不本意であったろうとも、喜久子は推察する。治策は、オリザニン（ビタミンB1）発見者鈴木梅太郎の従兄にあたる。鈴木の妻は、仏文学者辰野隆の姉だ。喜久子の姉野口喜代子によれば、鈴木の妻と、喜久子の勝気な母は、なにかにつけ張りあったようである。

治策が知事に就任したのは一九一九（大正八）年、喜久子十四歳のとき。当地に独立運動が起きている。道庁に爆弾を投じる事件があり、知事の首に二千円の懸賞金がかけられる。しかし治策は、さびしい坂道を夜も一人で帰宅した。未知の青年の訪問にも応じた。短銃などある距離があればめったにあたらぬものだと父は言う。柔道二段の腕前で防ぐつもりであったのかとも、喜久子は想像する。だれしも他国に統治されてよろこぶ者はあるまい。「おれたちだったらたまらないことだろうな」「朝鮮の独立はいずれ実現させなければなるまい」。父と若い事務官のこんな対話を、喜久子は記憶してもいる。祖国を愛した情熱家の父は、被支配民族の心情も理解していたというのだ。

このような見聞あって書かれたものに、「滅亡の門」や『白銀の川』（40・1　新潮社）がある。文化人類学者上田紀行の『癒しの時代をひらく』（97・3　法藏館）を読んでいたら、こんな説にでくわした。「ある人を愛し合ったときに感じるのは、『この人でなければ』という、他では変換不可能だという絶対的な思いである」。

この上田説をもってすれば、川上文学には相対的な愛はあっても、絶対的な愛はない、ということになるのだろうか。喜久子の小説はきまって、男女は三角、四角関係になっている。一人の男・女が、二人の女・男を、同時に愛するという構図なのだ。そのバリエーションで、他の小説も描かれているのである。喜久子と同世代の女性作家の多くは、自分の男性遍歴をあらわに描いた。喜久子は、実体験を題材にしつつ素顔をのぞかせることをしない。しかし、「後世に残った文章はみんな作者が生きて」いると、喜久子が主張するからには、このバリエーションも、喜久子の実人生に、その鉱脈は探られるものではないか。

実らぬ恋

「以後一切を断ち申し候」。こう書かれた「あの一片の紙片ほど私につよい衝撃を与えたものは前にも後にもなかった」。絶交状を手にした十六歳の初体験を、喜久子は回想する。このようにしたためられた日記は、喜久子の死後、滋賀瑛子さんと洸が発行した非売品の、小冊子『歳月の滓《おり》——川上喜久子遺詠・遺稿集』(86・12)のなかに収録されている。

絶交状は、東大医学部生と一高三年生の兄弟連名でとどけられた。喜久子は、兄のほうへラブレターをだしている。その返事なのだ。「真の恋とはみとめがたい」と、仲介をつとめた兄弟の妹の添え書きがあった。「理系の人らしい冷静さ」で「自分のいい加減な気持」が批判され、激しく動揺した喜久子は、心のなかにガラガラと崩れるものがあったと、その日記に書く。

十六歳の「うその多い自我の殻」は、破壊された。この体験で喜久子は、現実の冷酷さというものにじかに触れたのだと思う。それは、他者を自分の視野に入れることでもあった。悲恋はさらに、喜久子に情念の解放をうながし、自分から心の虚飾、虚偽をとりのぞくよう強いたのではなかったか。喜久子はおのずと、自身の「澄んだ眼」を希求していくことになる。

このとき、喜久子は、もうひとつの課題を背負うのだった。兄弟の妹は、絶交状をとどけると一緒に、〈次兄のほうがあなたのこと好きなのよ〉と告げるのだった。喜久子は思いがけず、愛していた長兄その人ではなく、その弟のほうに自分が好かれていたことを知るのである。

喜久子の後年の日記には、自分がその次兄の立場にたてば、そう簡単に誠実な彼から消し去れる恋情ではないと感応されるだけに、つらい気持ちになると書かれている。喜久子の、長兄にたいする愛もまた、そうそう簡単には消し去れないものであったろうから。さきの文化人類学者のことばを借りれば、「絶対的な思い」であったろうから。「白き水脈いつか跡なく消ゆれどもわが目は海になほ船を追ふ」。喜久子のこの歌にこめられるように、長兄への思いは尾をひいた。一九三一（昭和六）年の「新詩社詠草」に掲載されたもので、喜久子の失恋当時の心情だと、わたしは解釈したい。

のちに作家となる喜久子は、そのときの衝撃的な体験から得た男女の摩訶不思議を、三角、四角関係というかたちをとり、自作によく生かすことになるのである。十六歳の悲恋こそ、川上文学の原点にほかならない。この原点を知らずして川上文学は解読できないのである。

初恋の人は飯田深雪の兄

〈その妹さんってのは、飯田深雪さんですよ〉。深雪と平壌高女同級生で、喜久子の姉の野口喜代子が、取材したわたしに明かしている。なお喜代子は、土田邸小包爆弾事件で犠牲になった土田民子の母だ。喜久子が山脇高女在学中のこと、姉は〈その気配を感じた〉と話す。篠田姉妹と飯田兄弟の四人で中野哲学堂を散策したあと、喜久子からとどいた短歌を読んだ姉は父へ、〈飯田兄弟のどちらかを愛した喜久ちゃんの願いをかなえてやって〉と、手紙に書いた。しかしその真意は、平壌の父に通じなかったようである。

飯田深雪は、外交官と離婚した五十一の歳から料理研究家としてみごとに自立した人だ。『ドキュメント　時代を拓いた女性たち』（02・1　中公新書ラクレ）のなかにも、その来しかたが語られる。その文章のなかでひとつ、わたしの胸にすとんと落ちないのは、「無事のお帰りをお待ちします」というレターの一文。外国に赴任するために挨拶にきた次兄の友人へ深雪があてたものだが、この一文を、彼が結婚の承諾と勘違いした。高女を卒業した十八歳の深雪は、彼は「ものすごく熱心で」その心情に負けて結婚せざるをえなくなってしまったというのである。

これは、さきの絶交事件の時期とかさなる。なぜ深雪は拒否しなかったの？　と、わたしは尋ねたいところだが、そこには、それを言わせぬ状況があったのではないか。それを、深雪は明かそうとしない。想像するに、病院長の父のあとを継ぐ長兄の権力は、今日とちがって強力なものではなかったか。絶交状にしても長兄だけが書けばよいもの。次兄までひきこんでと不審に思われるその背景には、長兄の暴言があったのかもしれない。妹の人間性が変わってしまうほどの乱心の深雪には、友人の妹喜久子の恋愛成就をあとおしする余裕なんぞない。なんとか、自分のおかれた寂しい苦境から脱出したいその途としてのやむない結婚ではなかったかと、わたしは、深雪のレターの一文から考えをめぐらしてみた。長兄のことばが、二人の女の意思を封じた。さらに二人の女を、不幸な結婚へとつき落とした。そんなふうにも想像されよう。

事件後、喜久子と深雪は交際していない。深雪と交際をつづけていた姉から、喜久子は次兄のその後の消息を知らされていた。知りえた情報で、喜久子の愛にたいする捉えかたが相対的になっていくのだと思う。かりに次兄がこのとき、喜久子との愛に無関係であったならば、川上文学の男女の構図は、異なってきただろう。

喜久子が川上十郎と結婚するのは、失恋の翌年、一九二三（大正十二）年六月だ。見合いで結婚をきめた彼は、九つ歳上の会社員である。彼の姉の夫が京城で農園を営んでいた。その関係からの縁談であったようだ。山脇高女進学について、喜久子は〈お嬢さん学校で、親に行かされた〉と、わたしに話している。喜久子の進学は「嫁入り」の条件をよくしたい父親の配慮だったのであろう。十郎との結婚についても、父の勧めるままに従ったものだ。川上家と結納が交わされるが、「売買結婚の遺風」で「実際くだらない」と、日記にはある。喜久子はこうも書いている、「一生を文学に捧げたいとの願いが家事科ですっかり破られて家庭へ」と。父には娘の心はのぞきこめない。偉大な父も、娘は他家へ嫁にだすものという通念から解かれていなかった。しかし、娘はおもてむきは父親に導かれるままだが、内では文学志向をはぐくんでいた。飯田家の秀才への求愛は、異性への恋情、それだけでは説明できないものがあるはずだ。その裏には、喜久子の学問へのつよい憧憬がかくされていなかったか。当時、女には高等教育は要らないという世間の風潮があった。喜久子の兄と弟は東大に進学している。女の喜久子にはそれが望めなかった。悲恋と、父の誘導する結婚によって、喜久子の向学心は、くやしいかな、粉砕されてしまったのである。

家庭内別居後の創作

夫と寝室をべつにするのは、喜久子三十三歳のとき。「夫は私の身をも心をも女として花開かせて呉れなかった」と、日記に書いている。夫は「完全で偉い人」と思い、肉体的に自分のほうに欠陥があるのかと悩んできた。喜久子はこのとき、夫から精神の一部も離別するのだった。結婚後に自意識にめざめ、十五年間、焦燥したすえの決断。いわば家庭内離婚したこのときから、「自分のいのちはほのかに甦えりはじめた」という。また、このときから、喜久子の作家活動が展開している。二児は中学生になっていた。

喜久子の創作活動は、昭和十年代から戦後数年つづいている。二十代は、与謝野晶子・鉄幹主宰の「明星」の「真珠抄」、「冬柏」の「新詩社詠草」に短歌を投稿していた。三十代に入って一九三六（昭和十二）年、「冬日の影」（36・6）、「歳月」（36・8）、「滅亡の門」が、林房雄と川端康成の推薦で「文學界」に掲載される。そのうち「滅亡の門」が、松田解子の「ある一票」と争い文學界賞を獲得する。また「滅亡の門」は「歳月」とともに第四回芥川賞の候補作となる。受賞は、富沢有為男の「地中海」であった。川端は自分の内なる「芸術家の眼」を開いてくれた

「恩人」だと、喜久子は日記に書く。川端のほかに小林秀雄や島木健作など鎌倉文士と交流しながら、一九三九（昭和十四）年には、初の創作集『滅亡の門』（39・7　第一書房）を千五百部、刊行した。なお著書の定価は、北海道・本州・四国・九州の内地が一円五十銭で、満州・樺太・台湾・朝鮮の外地が一円六十五銭とある。

川上作品は、外国人、芸術家が登場してエキゾチックだ。結婚後、喜久子は京城に住んでいた。この地は当時、ヨーロッパ旅行の途次にあたり、各界の名士がたち寄った。チケットを買わされることが多く、喜久子は音楽会、展覧会、講演会へ足を運んだ。茶道・音楽・能楽・彫刻・舞踊などの芸術家の作品登場は、ひとつにはその関係からであったろうか。そのような人物をとおして喜久子がいちばん描きたかったのは、人間の魂の向上だった。罪深い芸術家が、奔放な肉欲をもった人間が、自分の小さな、執着の殻をやぶり、どのように個人を精神的に高めていくか。自己浄化への祈りと芸術的な営みにおける、彼らの内的なたたかいを描くのである。

それはまた、喜久子自身が直面する人生上のたたかいでもあったろう。「作家なんて小説のような嫌なものを書くことによってしか救われない。業深く生れついた者ではなかろうか」（『影絵文様』）と、喜久子はいう。自分の苦悩が登場人物に託され、作品のなかに追求されるそのこころざしは、たしかに高い。けれども、描きかたが抽象的なのだ。平林たい子に「宙に浮いた観念」（37・5・17　帝国大學新聞）のなかで批評された。「善悪の観念があまりに宙に浮いて、人間社会の実相からの反映として受け取りがたひといふ不満があつた」と。しかし、自然主義的な手法の女性作品にはめずらしい「理性の強い作品」である、とも。もっと生活感や体臭があってよかったと、わたしは思う。川端康成の〈女性作家は身辺のできごとを書けば、それで読ませることができるのだよ〉という、喜久子へのアドバイスも、その時代に照らせばうなずける。

自己浄化への祈り

冷たい夫婦関係を題材にした「郷愁」に注目してみよう。この作品は、一九三七（昭和十二）年七月「文學界」に発表された。四十代の夫は神学者。心底愛せぬ妻から逃れたいのだが、そうできぬ苦しみをかかえる。妻は、夫の恋人に嫉妬してヒステリーを起こす。夫が、どこか自分の見えない高いところで、あの女性との間に心を通わしあっていると想像するとたまらない。自分だけ置いてきぼりにされたみたいで、さびしい。妻の友人が、「精神を高めればいつだつて三人一つに心を結びつけることも出来るんだつて」と、慰める。作中の夫妻は、喜久子が師事していた、教会牧師の秋月至夫妻のことかもしれない。秋月夫人に師との関係を疑われて困ったと、喜久子は日記にしるしている。精神を高めれば三角関係の男女がひとつに結ばれるという考えは、喜久子の男女観を端的にあらわすものだと、わたしは思う。

奔放な情欲をもった人間は、どのように精神を飛翔させうるか。自己浄化への祈りと芸術的な営みで、それを遂げようとするテーマは、「花園の消息」（40・1「文學界」）にも、秀作「室内楽」（49・6「小説界」）にも一貫する。作曲家の夫が舞踊家の恋人と同居するのを知った妻が自殺。夫は、妻にあたえた卑しめを、心を高めることで拭いさろうとした。「妻はいつも、おれの罪を浄化する存在だ」という。ここで注意したいのは、川上作品にあっては、夫はかならずしも男性ではない、女性でもあるということ。さらに作者その人でもある。

入選作「或る醜き美顔術師」が大阪朝日新聞に発表された二十二の歳、喜久子はキリスト教の洗礼を受けている。しかし先述したとおり、十代から仏教にも親しんでいた。仏教でいうところの空・くう、すなわち、あらゆるものには絶対性がなく、たがいに依拠した関係であること、その理解が喜久子にはあったのだ。もとより、偉大な宇宙のなかに身をゆだねるわたしたちを生かし育ててくれる巨大なエネルギーを畏怖する気持ち、すなわち宗教心を、喜久子は抱いていた。わたしたちは宇宙のなかに生きている存在。目には見えない「気」を媒介にしながら、自己が他者へ影響をあたえている。喜久子のことばに変換すれば、感応しているということになろう。「気」はまた、常にうごめいているもので、自己と他者という境界がないという。さきの作品にもどれば、男と女の境界はなく、常に、たがいに影響しあうものなのだ。川上作品にあっては、だから、男女の衝突、対決はない。男女の感応、融合があるばかりだ。そこには喜久子の願望も認められる。

「滅亡の門」の三角関係

たとえば「滅亡の門」がある。独立運動の激しい平壌を舞台にしたもので、一九三六（昭和十一）年「文學界」に発表された。新聞記者の日本人男性と、抗日運動にかかわる現地の女性と、そして日本人の女性画家との、恋物語だ。ここで喜久子は三角関係の構図を用いる。彼の恋愛は破綻した、その原因は、現地女性の反日思想の浅はかさへの彼の絶望だという。彼女の思想が空疎なこと、主義への無定見に、彼は気づいてはいたけれど、そのたびに自分で自分の眼をふさぐようにして過ごしてきた。彼は自分の内的空虚をのぞきこむのが恐ろしかったというのだ。

「植民地の恋物語は、〈僕〉の『内部の空虚』の物語と表裏である。『内部の空虚』にゆさぶられ、植民地へと押し出されていった知識人文化人の滅亡の姿が〈僕〉と重なって見えてくる」。これは、『読む女書く女』（03・6　白水社）のなかの「滅亡の門」にかんする、著者川崎賢子の解釈である。そのようにも考えられよう。だがこれは、喜久子の実体験である十六歳の悲恋を、知らない人の説ではないだろうか。彼・男の絶望は、喜久子その人のそれにほかならない。喜久子の内面でふっ切れていない、あの絶交事件における絶望に通じるものだ。現地女性の思想の空疎や無定見も、喜久子のそのときのもの。三角関係の構図もまた、そのときのものだ。〈男を主人公にしたのは、当時の検閲がうるさかったから〉と、喜久子はわたしに話している。主人公を女にすれば、当局から作者のことだとにらまれる。植民地での彼の恋物語は、自身の浅はかさ・愚かさへの反省をこめた、じつは喜久子の恋物語にほかならない。

さらに戦後の「淡彩」。ここにも、男女の融合が認められる。一九四八（昭和二十三）年四月「藝苑」に発表されたこの短編は、喜久子がスタート時から希求した、立体的な世界構築のみごとな開花にちがいない。川上文学の白眉だ。練りに練られたディテールも、じつに丁寧だ。天と地、魂と肉体、生と死、現世と来世、母性と女性など、両極を視座にした世界に、男女のうっ屈する情念の解放が描かれる。

大都会に飽き飽きした日本画家の男は、土を恋しがり水の潤いを求めて春の水郷へ。離婚した女は、病弱の子を連れ実家にもどっていた。男が、病児をのせた手押し車をおす。女はパラソルをさしながらあとにつづく。女は、静かな愛情の充溢に、とろりとする。「あの子から離れきれたらどんなにいいだろう」。ふと、ネムの花が匂ってくる。その背に腕をまわすと男ははっと顔を赤らめた。女は、男の手をひき柔らかい草むらのなかに座らせる。あとはすべて自然に運んだ。「沼の男女は太古のままの恋を語る」。女の青白い顔はつやをおびる。しかし、病児が男の足にからみそのすねに歯をたてた。はかない恋は終わり、母子は迷いのない沼へ還ってゆくのだった。雄大な心になりたくて。連作「盆三夜」（初出不詳）を読めば、男は、女の死後、女の従妹と結ばれるのである。

この客観的な文学世界にも、作者はかならず生きているはずだ。喜久子四十三歳の作。家庭内離婚して十年がたつ。この秀作からは、母性と女性とを統一できないで悩む、喜久子の悲哀が感じられる。作家として飛躍するには、この母性なるものがネックになっているのか。最後の沼に還ってゆくシーンには、子どものいる家庭を維持せざるをえない喜久子の切なさが、わたしには認められるのである。

喜久子の創作活動は、翌一九四九（昭和二十四）年までつづく。それから数年を経た一九五四（昭和二十九）年のことだろうか。交流のある川端康成に預けておいた「劫罰」の百七十枚の原稿が紛失するという災難に見舞われる。コピー機のない時代のこと。もしこの中編が日の目をみていたら、川上文学はその後も発展したろうに、と悔やまれる。

ひさしい沈黙をやぶって、喜久子が「面影びと」を「新潮」に発表するのは、一九六四（昭和三十九）年十月である。二十五年ぶりの創作発表であった。文芸評論家の平野謙が毎日新聞の「文藝時評」（『文藝時評　下』69・9　河出書房新社）にとりあげている。「しなやかな文体をひっさげて再登場したことを祝福したい」と。徳之島が舞台の純愛物語。農業技師の彼は、「女を最も女らしくする力をもつ最も男らしい男」である。「島の女の共有する恋人」と、まことにいい男だ。喜久子はこの彼の像を描くのに、絶交事件の〈次兄〉を念頭にしていなかったろうか。〈次兄〉のその後の消息は、姉喜代子から喜久子にもたらされていた。

主人公の彼は、満州で同棲していた「最愛の人を捨てたことがある」。相手の情愛を自分のうちにともし、自分の満足を相手に確かめる、つまり感応しあう男女の関係であった。断腸の思いで別れて二十年、「あの人」の生存へのかすかな希望と祈りが、彼をささえてきた。さらに彼は、「不変の愛」を信じて生きるつもりだという。

「面影びと」は、「半世紀不変の愛」、それを、現に喜久子へささげる人〈次兄〉がいて書けた小説にちがいない。平野が「全体がなんとなくカクカソウヨウの感をまぬがれていない」と批判するのも、〈次兄〉が実在したこと、その〈次兄〉と再会する前の執筆だったことと、無関係ではなかろう。喜久子はもっぱら〈次兄〉の側にたって書いている。しかし、そこには多分に、喜久子の書かずにいられぬ心情が投影されているはずだ。自分の浅はかさがまねいた「愚かな結婚」は現在進行中である。喜久子は彼を造型する、そのことをとおして自己を客観化してみる必要があったのだ。その営為に得心したというのだろうか、この「面影びと」を最後に、喜久子の小説世界は終息する。

喜久子が〈次兄〉と再会するのは、「面影びと」発表から二年後である。「夕映えの色は心を赤く染め、すべての物象がいつもとちがって眼にうつった」(『歳月の滓《おり》』)。六十路のときめき感が、ほのぼのしている。〈次兄〉は喜久子へ、あのころと少しも変わっていないと、開口一番に言う。四十数年ぶりの再会は、小学校の同窓会の席であった。「眉目秀麗」の彼は医師で、病院長をしていた。患者の信望あつく、貧乏人から治療代をとらなかったという。たしかな愛情を傾けてくれた人がいたと、喜久子は信じる。心にぽっと灯がともる。あらためて、わが身に寂寞を覚えるのであった。しかし〈次兄〉との生活を新しく築いていくには、時すでにおそい。老夫の面倒を娘に託すことはできない。結ばれる日はないとわかりつつ、二人は寺内を散策するのであった。彼の妻と彼女の夫がこの光景を目にしたら？　いやいや、「恋愛に善悪という判断基準はもちこめない」。『夫の不倫で苦しむ妻たち』（亀山早苗　01・12　ＷＡＶＥ出版）の著者の声が聞こえてきそうだ。二人の逢瀬後のことについてはわかっていない。日記には、子どもたちに、再会した彼その人の存在を告白するかたちで、若い日の恋物語について書かれている。喜久子は、「彼という稀な男のため」に恥をしのびつつ明かさずにいられなかったのである。

喜久子の死後、この日記を公開した遺族の判断を、わたしは尊重したい。この日記がなければ、川上文学のモティーフは解明されないのだから。

女性作家たちへの追想

いま思いかえしても、喜久子の語った女性作家の挿話はおもしろい。〈林芙美子さんには、みんな束でかかってもかなわなかった。図太い神経でしたからねぇ〉。喜久子は、笑いながら話したものだ。〈よくもわるくも、女っぽい人でした〉と、中里恒子のことにも挿話はおよんだ。中里はよく川端家に出入りしていた。喜久子がそこをたずねると、女性がふすまのなかに消えた。

後日に、〈自分がここにいるのを知られては、川上さんに悪いから〉と、中里は弁解したが、〈真正面から対応できない人は苦手です。でも作品は、読後感がほっとします〉と、喜久子は話した。中里は自分を〈かわいそうな女〉としてふるまった、とも。とても自分には真似できない、ひっこみ思案が〈出世べた〉をまねいたとでも、喜久子はわたしに暗示したかったのかもしれない。

円地文子のことも話題にのぼる。一九三九（昭和十四）年、岡本かの子の告別式で出会い、二人は意気投合した。以来『古事記』『日本書紀』など古典を読んでは、その読後感を手紙で知らせあう。父親が学者という家庭環境も似ていた。ひとり娘の結婚については、母の不本意な結婚の二の舞いをふませたくない一心で奔走したところも。喜久子の『陽炎の挽歌』（79・11 昭和出版）の序文のなかで円地は、川上文学の変わらぬローマン性をたたえている。

喜久子と円地は電話で、〈女流文学者会の程度の低さをさんざん慨嘆しあっていた〉と、川上洸が明かす。その洸の手もとに、円地の書簡が保存されている。〈川上さんの小説は観念的な言語で説明する個所が多すぎる、描写だけで説得させるのが文学ではないか〉。こう円地が書いてきた。若いころ芥川龍之介の文学に傾倒した喜久子は、人間の心理に重きをおいた。志賀直哉の文学に学んだ作家は、描写を大事にする。円地が指摘するように、たしかに川上作品は描写的ではない。しかし、見えないもの・聞こえないものに眼と耳を澄ましつつ感応した川上文学には、描写よりも、観念がふさわしかったのかもしれない。川端康成のアドバイスをここに再びもちだすまでもなく、当時、女性作家は身辺雑記すればそれでよかった。ものごとを理知的に考える女性は少なかった。そもそも、観念的で女らしからぬ小説は、男メディアに歓迎されなかったのだから。そのタブーに川上作品はよくぞ挑戦している。

小説の執筆からは遠ざかったものの、喜久子は、晩年までエッセイを書きついでいる。それらは『影絵文様』に収録される。夫が他界してから二年余りをへて一九八五（昭和六十）年十二月四日、がんを患っていた喜久子は、自宅で永眠した。八十一歳だった。

最後の最後まで、書きたい、と喜久子は娘に訴えていたという。滋賀瑛子さんは、朝鮮の元山の波打ちぎわを散歩する母の姿を回想しつつ、喜久子の〈生涯の孤独〉に思いをはせる。〈周りの無理解に悩んだ〉喜久子は、〈心の底は傷つきやすく、もろく、純粋でした〉と。

第五章　平林たい子――不毛の愛

HIRABAYASHI Taiko　1905.10.3~1972.2.17

わが人生を創作する

愛人のもとへ去っていく夫に、妻が、三百万円もの絵画をもたせる。四年後に元夫が他界すると、その後妻は、高価な絵画を廃品回収業者に出してしまうのだが、不倫した夫にこうまでする元妻の心理を、どう解いたらよいのだろう。平林たい子が、元夫小堀甚二の葬儀にかけつけ、棺にむけて八ミリカメラをまわす様は、当時の週刊誌の記事で、わたしは承知していた。しかしこの挿話は初耳だった。たい子の過保護を、愛情、未練とよぶべきか、お節介、財力にものいわせた高慢と非難すべきか。平凡な妻にはまねのできぬ行為であることは、たしかだ。この挿話を明かしたのは、石原萠記である。「新しい歴史教科書をつくる会」の教科書の出版を新たにひきうけた社長だ。生前のたい子とは、一九五六（昭和三十一）年に結成された日本文化フォーラムに所属し、国際文化交流の仕事をとおして行動をともにした。個人的には、ときに活動資金をたい子から借りている。たい子は、甚二の政治活動の苦労を知っていたので、有意義なお金は用だてた。しかし石原は、〈よく返済遅延の手紙を書いたものだ〉と、ハッハッと笑いながら話す。たい子の〈好んで敵を求めているかのような闘争心には、女性とは思えぬものがあった〉とも、追想するのであった。

「前人のとおらなかった、道なき道を歩んだものが、いばらに傷つくのは当然のことである」

と、たい子は書く。その悲しみと苦しみこそ、自分たちの世代と人生観の誇りであろうとも、自伝小説『砂漠の花』第二部（57・7　光文社）のなかにでてくる。六十六年の人生が、さながら、おもしろい創作であるゆえんだ。

たい子は、インドネシアのスカルノ大統領と結婚して第三夫人におさまったデヴィ夫人（いまはタレント）が、大嫌いだったそうだ。女の美貌を売りにのしあがる、そこには精進の過程がない。今井久仁恵がのど自慢の歌手から、世界のひのき舞台に立つオペラ歌手にまで精進できたのは、その容貌のためだ、もし美人であったら、歌一筋になれたかどうか。いや、なれなかったろう、と言いたげなその人も、不美人を自認する。女は意識の底にいつでも「何をもって生きるかということを考える秤をもっている」。その秤は、たい子にとっては、ものを書く、ということであった。男と旧満州（中国東北部）へ漂流し、そこで出産した女児をなくす。獄中にその男をおいて内地にもどり、別の男たちと交流する。平凡な女の幸せの域を出てしまったたい子の孤独は、ふかい。しかしその間、たい子は、作家志望を堅持している。転んでもタダでは起きない。ものすごいたくましさで、体験は作品化されてゆく。不美人でも、やっぱりたのしかったと断言できるのも、堅実な秤をもちえていたからだろうか。

夫婦って愉しい！　たい子の中間報告だ。自分がかわいくてしようがない人の眼には、夫は、男・恋人であったり、同志であったり、夫であったり、子どもであったり、自分であったりと、変幻する。甚二の無力を嘆きつつも、彼の政治上の仕事を助けるのが、たい子の生き甲斐であった。文学と政治のあいだを揺れうごくたい子にあって、夫婦の、妻の幸せって、何だったのだろう。愛憎が交錯するその道程にこそ、魅力は鮮烈に放たれる。

少女時代の作家志望

平林たい子は、一九〇五（明治三十八）年十月三日、長野県諏訪市に生まれる。本名を平林タイという。八人きょうだいの三女だった。一九一二（明治四十五）年四月、中洲尋常高等小学校に入学し、一九一八（大正七）年三月に終了する。同年四月、諏訪高等女学校（諏訪二葉高校）に入学し、一九二二（大正十一）年三月、同校を卒業する。

平林家は、田畑八反歩を所有する、旧い農家だった。〈愚痴をこぼさず気性のしっかりした〉母は、耕作するかたわら、日用品や文房具をあつかう雑貨屋を営んでいた。婿養子の父は、『島田三郎演説集』を熱心に読むような政治好きであった。暮らしがゆきづまり、朝鮮に出稼ぎに行く。小学生のたい子は、母を助けて店番をした。ときに、目の前で母が、店に品物をおろす問屋の集金人にわびごとを言っている。貧乏というものを、幼少のころから実感していたのであった。

たい子の作家志望は、早い。長姉が嫁いだ後町家は、たい子の家から歩いて五分のところにあった。小学校教師の義兄はたくさんの蔵書をもっていた。たい子はその蔵書から、トルストイ、ドストエフスキー、ツルゲーネフなどの翻訳小説、日本の自然主義文学、白樺派の文学などを、ディテールは理解できないまま濫読する。師範をでた担任教師の激励も、たい子をその気にさせた。「中央公論」に「貧しき人々の群」(16・9)を発表した中条(宮本)百合子は、十八歳だ。きみたちは十五歳で小説を書けと言うのだ。自分がうけたものを社会に還元するような人物になれとも言った。担任教師の思想的影響は大きい。たい子の二人の姉は手が器用で製糸所に勤めたが、自分は不器用だから女工になれない。医者か小説家になろうと思っていたたい子は、その激励に発奮するのである。

「私は既に十四五の少女時代から、女が男の庇護のもとに生きる生き方を恥と考へた」。これは「少女時代」(『花子の結婚其の他』33・4　啓松堂)のなかに書かれている。自分の自由になる男性と結婚したい、ともねがう。なんと早熟な女学生であったろう。現在の中学生のときのことだ。諏訪高女には一番で入学している。妹の進学のために兄は専門学校への進学を断念し、商家に奉公(住みこみの店員)にでていた。たい子は、成績優秀だが身分不相応の進学であったと書く。女学校には、製糸所の経営者の娘たちがいた。いっしょに机をならべて学習する。自分の不潔でしわしわの袴姿と、彼女たちの派手な服装との違いに、たい子は気づくのだった。家の近くの製糸所で働く悲惨な女工たちとの違いにも。

農村の男尊女卑、階級による貧富の差、女の美醜、これらのない世界へ、たい子の心は向かう。いとこと、中洲から一里以上の道のりを徒歩通学しながら、山の見えない国へ行ってみたいとねがった。山の向こうには外国がある。

卒業後、上級の補習科専攻科をめざす級友もいた。たい子もそれを希望するが、かなわない。自分の悲しみを、自分とおなじ貧しい娘たちの運命におしひろげ、彼女たちの貧乏を救うことで、自分の悲しみを生かそう。このときたい子は、一九二一（大正十）年二月に創刊され、プロレタリア文学運動の基礎をきずいた文芸雑誌「種蒔く人」を読み、社会主義的なこころざしをひそかに抱いていたのだ。新聞広告で電話局交換手の募集を見つける。〈看護婦や教員になるならともかく、交換手などとても想像できないことだ〉と、同級生をびっくりさせた。東京中央電話局には、女子商業学校別科という名目の誠和女学校があった、その存在にもたい子は惹かれたのかもしれない。

じつは、女学校を卒業する一九二二（大正十一）年二月、「文章倶楽部」に、投稿「或る夜」が三等に入選し掲載されている。原稿用紙三枚のもので、署名は「平林たい子」。諏訪高女には、万葉調と写実を主張するアララギ派の歌人土屋文明がいた。ほかにも歌作する教師がいて、彼らから学んだ篇けいな文体と志賀直哉的な描写力が、小品ながらすでに光っている。この入選こそたい子を、目標へと一歩ふみださせた。作家志望と、社会主義志向とをいだき、たい子は、山の向こうの外国へ旅立つのである。

電話局には採用されるけれど、就業中に社会主義者の堺利彦へ電話をかけたかどで、解雇された。その後、鷹野つぎの家に居候。そこを出てほどなく、クリスチャンで新聞記者の山本虎三（敏雄）と出会うのだった。たい子は〈独立独歩のなかにコケティッシュな魅力があった〉と、山本は回想する。アナーキストとして警察からマークされる彼と満州まで漂流し、たい子は、その地で女児を出産し、数日後になくす。山本は不敬罪〈天皇、皇族などにたいして不敬の行為をする罪〉でつかまる。旅順の監獄におきざりにされた彼は、のちのちまで、そのむごい別れかたをめぐりたい子を責めてきた。〈思想的な裏切りが許せぬ〉と言う。たい子が小堀甚二と再婚しても、執拗に苦しめた。なんとか生きのびて内地へ戻りたかったたい子の気持ちを、少しも汲もうとしない。たい子が、加藤一夫や賀川豊彦など自分のクリスチャン関係の知己を利用して生き延びたと、彼は怒る。体験を描いた小説には〈事実はこうじゃなかった〉と、いちゃもんをつける。恨みを爆発させた攻撃は、名誉毀損で提訴するところにまでエスカレートした。かたや、そんな彼を撃退するたい子のパワーたるや、すごいものだ。

「施療室にて」のプラスマイナス

たい子の出世作は「施療室にて」である。一九二七（昭和二）年九月、「文藝戰線」に発表される。女たちよ、未来を信じてたたかえ、と呼びかけ、めざめた女たちを震憾させた。女性プロレタリア作家の草分けとして若杉鳥子がいたが、その「烈日」に比べようもなく、いま読んでも、作家吉村昭が指摘するたい子の「優れた文章」（『わが心の小説家たち』99・5　平凡社新書）は、心を打ってくる。しかし「施療室にて」がたい子の実体験を描いたものという説には、賛成できない。フィクションの多い作品だと、わたしは考えている。執筆時、たい子は甚二と結婚していた。甚二は「文藝戰線」の指導的立場にあった。〈同人の文章に理論的にヤスリをかけた〉とは、同人の岩藤雪夫が証言する。たい子も、その理論に沿って一九二四（大正十三）年の体験をかなり虚構的に書きかえているはずだ。

主人公光代が施療室で出産後、夜、女児に授乳する場面があるが、授乳をあえて夜にしている場面から、わたしは、女の性の快楽を読んでみた。女性が楽しんでなにが悪いのよ。そんな満ち足りた女の声が聞こえてくるようだ。山本、岡田竜夫、飯田徳太郎など、アナーキストの男たちと交流することで、たい子は乳房を愛撫されつつ性の快楽を実感した。そんな作者の実感が期せずして、虚構の場面をとおしこぼれ落ちたところではないか。女の性は生殖だけのものではない。たい子は大胆に、女性の快楽という側面を提示してみせたことになる。この場面上のほころびに、わたしは現代性を認めたい。たい子には、授乳の実体験がないのだと思う。放浪中に夜盲症（夕暮れや光線の少ない場所では物が見えなくなる病気）にかかっている。栄養失調の母体から乳はでてこない。女児平林アケボノの死因は「乳児脚気」ではなく、からだ全体に栄養がバランスよくゆきわたらなかったためだ。その証拠に作中に女児から緑便がでたとある。

もう一点、わたしは、この短編を再読するたびに感動する個所がある。女児は死んだ。「一日一合の牛乳」があれば死なせなくてすんだのに、脚気の母乳を飲ませて死なせてしまったと、光代はくやむ。かつて解版工をしていたという光代は、職場の母たちがそれをして子をなくした現場を目撃していた。なのに、飲ませた。子どもに食わせたい強い要求は、昔から貧乏人の伝統のなかに貫いているものだと、「社会主義者」光代は弁明もする。女児は、はげしい下痢をして死んだ。どれほど看護婦が手をつくしてくれたか、光代は怒る。死体が解剖されるが、この解剖も虚構だ。その結果、脚気の母乳を飲ませるなと、医学界に証明されるだろう。「しかしながら彼らは、人工栄養の金を持たない種類の人間をどうすべきであるかといふ結論までを、あの可憐な私の子供の死骸の解剖から導き出すことはできまい」。わたしが注目したいのは、ここなのだ。一びんの薬品の値段よりも、女患者のいのちを軽蔑する院長・医師のやること。孤立無援の貧者光代の抗議はするどい。ここにもわたしは現代性を認めている。院長・医師というのは、いつの時代も、体制を守るべく追随し積極的な態度でなにをなすべきかをしていない。

問題は、光代、いやたい子のこの社会的抗議が、後年まで維持されうるか、ではないだろうか。出産場面は『砂漠の花』第一部（57・6　光文社）のなかにも描かれている。院長・医師に視点をきめた「施療室にて」にたいし、「砂漠の花」のそれは、周りの患者たちに視点をおいている。彼女たちの親切や善意が、産婦の「私」に寄せられる。たった独りぼっちの出産にはなっていない。ひとつ事実が、こうも書きかえられている。むろん、二つの作品には三十年の隔たりがあり、その間にたい子の歩んだ文学的動向がよこたわるが。

〈アケボノのおむつを自分で洗った。産後の肥立ちが悪くて子宮後屈になり、たい子は、身ごもらぬからだになった〉と、山本はわたしに明かした。不妊といえばなんでも子宮後屈のせいにされていた時代だが、たい子は、この間に結核性の婦人病〈卵管炎〉にかかり不妊のからだになる。この卵管炎については、わたしが問い合わせた産婦人科医の教示によるものだ。たい子は、このハンディについても隠した。出産にまつわる事実は、あの世へ持ち去られたわけだ。「施療室にて」は体験の事実を描いてはいないと、わたしが考える理由である。

第一創作集の刊行

はじめての創作集『施療室にて』(28・9 文藝戦線社出版部)は、一万部売れたという。刊行の翌年には、第三回渡辺賞を受賞。たい子は、女給をしながら童話や探偵小説を書いて稿料を稼いでいた。文京区の酒屋の二階で、林芙美子と寝食をともにしながら執筆した「嘲る」(原題「残品」)(『群青——朝日新聞社懸賞当選短篇小説集』28・4 大阪朝日新聞社)が当選し、懸賞金をえる。世俗の貞操観から自由な女を書き、そののちの「投げすてよ!」で、たい子は、寄生的な、「喪章をうる」生活から訣別し「社会と戦つてやらう」と表明するのであった。葉山嘉樹の「セメント樽の中の手紙」(26・1「文藝戦線」)に触発されて書いた「施療室にて」の好評で弾みをつけ、「文藝戦線」にプロレタリア文学を発表していく。プロレタリアートの階級的自覚にもとづき、彼らの心情や考えを描きだす文学を。「夜風」(28・3「文藝戦線」)、「殴る」(28・10「改造」)、「敷設列車」(29・12「改造」)などが、それである。それらは『平林たい子全集』全十二巻

（76・9～79・9　潮出版社）によって読むことができる。郷里の農村、工場が舞台で、そこに働く貧しくて悲惨な農民や工員が登場する。題材を労働者生活から採用することが、プロレタリア文学の鉄則なのだ。平林作品は、彼らの感情の裏面、感覚の全開、身体性がこまやかな筆で描かれ、構成のとりかたもうまい。転換もたくみだ。さらに比喩表現がめだつ。「じくじくと膿の様に雪が解けて流れ出す」と暗いが、対照的に「あんな星をがりがり食つたらさぞうまからうなあ」と、明るいたとえもある。糖分に飢えた労働者のせりふである。現代作家では稲葉真弓、山田詠美、辺見庸の比喩表現がすぐれている。たい子の比喩もなかなかのもので、作家的将来性を感じさせる。

そんな長所を認めたうえで、なんとも気がかりは、作中に人と人のコミュニケーションがないこと、なのだ。わたしは最近、たい子のプロレタリア小説を再読し、がく然としたのであった。たい子が作中で何を語っているかよりも、何を語りえていないかのほうがわたしには気にかかる。

コミュニケーションの意欲がなければ、牛乳一合を院長には要求できない。作者には虚構の筆で、要求すべく迫真的な場面を設けてほしかったが、たい子には蓄積された知恵がなく、権利を要求する自分の筋肉も育っていなかった。つまり闘いかた、辛淑玉流に言えば「ケンカの仕方」（『悪あがきのすすめ』07・6　岩波新書）が体得できていなかったのである。だから作中に描けない。さっと光代は、難問の前に心を閉ざしているだけだ。

次に「殴る」という短編をみてみよう。信州から東京に家出してきたぎん子は気づく、「夫婦は月と太陽の様に食いちがつた」と。農村で父が母を殴っていたように、夫も自分を殴る。都会にも、ドメスティックバイオレンスはあった。夫婦の力関係はどこでも同じなのだ。ぎん子は外出し、夫の働く工事現場の前を通りかかる。夫が監督に殴られ、どなられる場面をまのあたりにする。つかつかと監督の前へ歩みより、監督へ罵声を浴びせた。と、いきなり横から、夫のこぶしが振り下ろされる。監督と部下という上下関係の、さらに下に妻は置かれている、という社会の差別構造を、たい子はあざやかに提示した。このことはすでに、小著『平林たい子――花に実を』（86・2　武蔵野書房）のなかに指摘している。そしてこのたび、妻が監督に抗議する衝動的な行為の背後にあるものをつかんだ。妻には、夫と自分とは一体なのだという愛着のあることに、わたしは、はたと気づいたのである。

そのように描くたい子にも、その愛着ときずなが甚二との間にできつつあったのだ。「殴る」は、平林文学の道程にエポックを画す作品にちがいない。これを境に、平林文学の男女関係は、夫婦関係にしぼりこまれていく。たい子はこの作品のあと、夫甚二を意識して「非幹部派の日記」（29・1「新潮」）を書き、「その人と妻」（36・3「中央公論」）へと進んでいくのである。男女関係を自分の夫婦関係にしぼりこむ、それでよかったのだろうか。自分の夫甚二にこだわりすぎて、その執着がたい子の文学と思想のうえにどう影響をおよぼしたのか。

愛着という自縛

〈たい子の顔は文楽の人形のようだ、純日本風の魅力をもっている〉。甚二は人前でのろけた。不美人も、恋人の眼をとおせば美人になる。〈こほりです。こぼりとにごると汚くなります〉。たい子も、目をきらきらさせて応える。一九二七（昭和二）年三月、「文藝戰線」編集長山田清三郎夫妻の媒酌で、たい子は、同誌の同人で、四つ歳上の甚二と結婚した。彼はすでに戯曲や小説を同誌に発表していた。生粋の労働者で、アナーキーでやわな男たちとはちがって精かんだ。〈よれよれの浴衣から胸毛がふさふさし、わきががぷんぷん臭ってきた〉。これは朝鮮から家出して、たい子の家をたよった宗貞恵美子の思い出だ。

たい子は、ブハーリンの『唯物史観』を読んで人生観を根底からゆすぶられたという。小坂多喜子も、この本から〈天地がひっくりかえるほどの衝撃をうけた〉と話す。たい子は、同志甚二の影響で理論を学んでいく。そして、政治グループの抗争のなか甚二と同一歩調をとっていく。日本プロレタリア芸術連盟に加わる。そこには青野季吉、葉山嘉樹、中野重治などが属していた。一九二七（昭和二）年六月にプロ芸は分裂。新たに結成された労農芸術家連盟に、たい子は甚二とともに所属し、その再分裂にあっても労芸に甚二と残留する。「文藝戰線」をそだてよう。たい子は、その使命に情熱を注ぐことを幸せに感じた。甚二が同誌に「芸術運動に於ける極左翼の妄動」（27・9）を発表すると、たい子も「非幹部派の日記」を書き、共産主義グループにたたかいを挑んだ。二人は、いよいよ結束をかためる。労芸を脱けた中野たちは、全日本無産者連盟（ナップ）を結成していた。ナップ派が支持する福本イズムは、革命運動に旋風をまきおこす。だがそれは、東大出のインテリや学生たちの弱い心臓に合っても、夫のような労働者の強い心臓には何か足りぬ。そう批判する妻も、その理論に追随しているわが姿勢を反省する、というのが「非幹部派の日記」である。たい子は、小林多喜二も所属するナップ派の観念性を、文学を政治の宣伝にしようとする戦術を、小説世界で激しくたたくのであった。

甚二は〈非凡だ〉が〈性分がはげしくて妥協を知らない人〉であった。〈ごちゃごちゃ言うんなら小堀をやめさせてしまったらどうか〉。里村欣三が提案する。「文藝戦線」内での甚二閥を支えるため、里村には、ちかしい女性を紹介し結婚の労をとっているのに、こうまで言われてはたまらない。たい子は、甚二の独特な性格も孤立感も知っていたけれど、妻としては複雑な心情で、夫を排除したがる同志を逆恨みする。「夫の恥じる心はいつの間にか一枝の心にも徹つて来た」。一枝は、自宅で組合の会合がある日は外出してしまう。一枝の心は、たい子の心でもあった。「その人と妻」には、そんな微妙な妻の心理が描かれる。ナップ派の百合子が「あんな封建的な夫婦の愛情はくだらない」と攻撃してきた。宮本顕治の妻の百合子には書けないであろう。たい子ならではの傑作だ。甚二に著作のないことも、妻を悩ませていた。

「文藝戦線」内に代作問題が起きる。労働者作家として勢いづいていた岩藤雪夫が、かけだしの井上健次の小説を書きかえて自分の名で発表するという事件である。岩藤は回想して〈幼少のころからのひねくれ根性がわざわいした〉と、わたしに話す。無職の井上は　お金がほしくて岩藤の要求をのんだ。岩藤は、〈井上作品の最初と最後を直したり、兄弟喧嘩のシーンを入れこんだりした。井上の注意不足で、生きるはずのことばが死んでいた〉と言い、〈「改造」「中央公論」からえた稿料の一部を、そのとき井上に渡した〉とも話した。岩藤のこの代作は、「共同制作」という理論の実践化だと外部にたいして処理したのは、リーダー格の青野だった。

文藝戦線脱退

「共同制作」というのなら、たい子は脱退を表明せざるをえない。芸術は自由競争によって切磋琢磨するもので、たい子はもともと、「とかくメダカは群れたがる」と啖呵をきるような人なのだ。今後そのようなかたちで発表されることへ危惧をいだく。それにその理論を先導したのが、甚二のライバル青野なのだ。甚二と一心同体のたい子が、脱退を決断するのは必至であった。たい子はその心情を明かすように、一九三〇（昭和五）年六月、婚姻届を提出する。たい子の「文藝戦線」脱退は、妻として同志たちへつきつけた、最大のプロテストにちがいない。かくなるうえは、甚二を大成させよう、政治グループ労農派の指導者山川均や向坂逸郎についていけるような政治家に。甚二の無力を嘆きつつも、甚二の存在にもたれかかっている自分を、たい子は反省もするのだった。

文藝戦線脱退後、たい子は精神的に硬直したようだ。「市田松子のこと」（32・11「蠟人形」）などで、林芙美子や里村欣三夫人や赤瀾会メンバーなどの小市民性をあげつらい、露悪的に描く。たい子は、年に二回「みとりの友」を発行し看護婦の労働組合をつくることをめざす石井雪枝や宗貞恵美子など女たちを、支援してきた。宗貞が〈看護婦組合も非合法政党の傘下の全協に加入すべきか〉と訊けば、〈非合法政党は、大衆がつかないから加入しないほうがよい〉と、たい子は相談にのってもきたのに。

一九三六（昭和十一）年初めのこと、たい子は、甚二の代理で岡山県へおもむく。総選挙に立候補している黒田寿男を応援するためだ。黒田の選挙参謀に江田三郎（のちに衆議院議員）がいた。この農民運動の青年指導者に、たい子は特別な感情をいだく。各地をまわりながら江田へのたぎる思いを日記につづった。彼は、「戦旗」よりも「文藝戦線」系の作家のほうが好きで、共産党系の人は人間的でないと批判する労農派支持者なのだ。たい子は、ハンサムな江田のむこうに理想の黄金郷を見たのだろう。「エルドラド明るし」（37・3「中央公論」）にその思いが描かれている。〈平林さんは、どたどた重い感じだから、江田さんのタイプではないだろ〉と、石原萠記は言う。江田の新妻はスマートな人らしい。この恋は結局、たい子のプラトニックラブに終わるけれど、渦中の日記をたい子から見せられた甚二が、「戦後の日本社会党の誕生に大いに助力した一人でありながら」「反主流的な道」を歩むことになったのも、この件がしこりになっていたからだとは、渡辺久二郎の推察（『むねん——渡辺久二郎歌文集』86・1　なべ・おさみ）である。

翌年三月、甚二が東京市議会議員に立候補する。たい子は、応援のあいさつに出てくれと、平林英子に速達を書いた。英子が保存するその手紙をみれば、じつに妻の低姿勢な文面であり、わたしはおどろいた。しかし、たい子のねがいは砕ける。

七年の沈黙を破る

童女の性器はモモにたとえられ、淡いピンク色がみずみずしい。美しい描写だ。「施療室にて」の授乳シーンからは、女の性的快楽が示された。中年の主人公圭子が、子どものからだをぬぐいつつ、その性器をほしいままに検証するこのシーンからは、「女の拡充」への希求が示される。たい子の戦後のスタートを象徴するのが、この短編「鬼子母神」（46・10「新生」）にほかならない。たい子は終戦の翌年、甚二とのきずなをかためたいと考えてか、甚二の弟の子どもを養女にしている。ここに描くようなことを養女に自分はしないと、たい子は評論家の扇谷正造に語る（「男ごころ・女ごころ」56・2「小説公園」）。「女のすべてに向上したい意欲」から「或る時代の均衡を破る」意図で描いたと、たい子はいうのだ。

一九三八（昭和十三）年から一九四五（昭和二十）年までの七年間を、たい子は沈黙していた。一九三七（昭和十二）年十二月のこと、人民戦線事件（左翼弾圧事件）で四百人余りが検挙されるが、日本無産党常任委員をしていた甚二は逃走する。たい子は、そのため警察に参考召喚され、そのまま九か月留置される。甚二がその後出頭してきたにもかかわらず。たい子は、肺結核に腹膜炎を併発する。悪条件下におかれたとき、女性はからだの弱い部分を直撃されるという。放浪時代にえた結核の再発であろう。たい子は釈放されるが、貧乏のどん底につきおとされた。病院をたらいまわしにされ、自宅療養に落ちつく。保釈された甚二が介護しながら、翻訳仕事で生活をささえた。三十代の後半をたい子は病床にあって、鶴見俊輔のことばを借りれば、「自己内対話」をかさねていた。こうした長い長い沈黙があって、戦後のすばらしい充実がある。さきの「鬼子母神」、そして「一人行く」(46・2「文藝春秋別冊」)、「かういふ女」(「こういう女」)(46・10「展望」)、「私は生きる」(47・11「日本小説」)の三部作をつづけて書くのだった。

夫婦を中心軸にした三つの連作短編を読めば、「私」の過去から現在にいたる輪郭がつかめてくる。それは、たい子の人生の軌跡とかさなる。とりわけ、一九四七(昭和二十二)年に第一回女流文学者賞を獲得した「かういふ女」が、感銘ふかい。出世作「施療室にて」にはない、内的成熟、複眼、重層性が認められ、平林文学の最高峰をなすものだ。

作中の彼女は来しかたを省察する。過去に後悔はしないものの、いまあらたに夫婦問題と直面する。齢四十。夫婦の生活は飽きないほど愉しい。だが、戦前の「無産者運動」下での、口論のすえ夫に殴りかかるようなはげしい同志的妻では、もはや通用しない。自分のさしでがましい性格も夫には嫌味のようだ。夫婦愛をどう立て直したらよいのか。ここで「家庭の平凡」を求めたとしても、それは退歩ではない、「なつてみせやう、その平凡な妻に」と、彼女は考えるのであった。春には味噌汁を煮て、秋には沢庵を漬けよう。しかしここまで考えるともう、プログラムを実行した後のような疲労をおぼえるのだ。彼女は炊事が苦手なのである。

　彼女はまた、こうも自省する。どうしても生きたい。その衝動に直面したとき、自力で回復するだけの「財産」をもつべきではなかったか。この社会制度に盾つく以上は困らないだけの「財産」を用意してはじめるべきであった。うかつにも、実用という一般的な問題を自分はやり過ごしてきた、と。「施療室にて」の光代の社会的抗議を、ここで思いだしてほしい。

　さらにこうも。彼女は「悲しい母の心」が育ってきたことに気づく。放浪中に女児を死なせた。その女児は、どこかで生きていないか。自分のいまの重病がその延長線上にあるのなら、ふたたび運命の悪意にあそばれたくない、子どもを奪還したい。夫にかゆを作らせ、髪を結わせ、便器を取らせる。そんな夫と、死児の幻とを、彼女はかさねている。夫は自分の産んだその子なのだと、涙をながすのである。夫の手厚い看護に、妻はわがまま放題。おれに気の毒という気持ちは起こらないのかと、夫に訊かれると、妻は「起こらないわ」「人は病気にかかつたら直《ママ》す権利があるんだわ」とこたえる。反動時代には、夫婦の愛情はこれでよかった。しかしいま、後半生へむけ彼女は難問をつきつけられているのだ。第二ステージで夫婦愛をどう立てなおすべきかと。

　じつは作者たい子も、甚二との間に不協和音をすでに感じていたのだった。そうした現実的なモティーフが、三部作には底流していることを見逃してはならない。

市川房枝を告発

だれにだって「恥ずかしい時間」はあろう。たい子にもある。戦後まもなく、市川房枝は三年七か月の公職追放に遭っている。公職追放は、一九四六（昭和二十一）年一月のGHQ（連合国最高司令官総司令部）による、軍国主義・国家主義者とみなされた人たちへの、重要な公職からの排除、政治上の活動禁止をいう。〈市川房枝は、戦争中かくしかじかのことをした、そういう保守的な人物が新日本婦人連盟（日本婦人有権者同盟）の代表になる資格はない。戦争中の行為について会議しないのか、という内容で、GHQ民間情報教育局へ告発したのは、民主婦人連盟でした。連盟が混沌としていて、意見書はたい子さんの独断でした〉と、石井雪枝が明かす。その日、石井は世田谷の喫茶店で〈あなたに話したいことがある〉と、初対面のわたしに言うのであった。当時、石井は甚二の誘いで連盟の事務を手伝っていた。その後は、旧労働省婦人少年局で局長山川菊栄の秘書をしている。むろん石井は、大日本言論報告会の理事などをしていた市川の戦争協力は認める。しかし〈密告までしたたい子さんがそのあとも市川さんと交際し、遺言執行人まで依頼した〉ことが、納得いかないというのである。

たい子の戦後の活躍は、日の出の勢いである。戦争協力しなかった強みなのか、朝日新聞の「声」欄への頻繁の投書にはじまり、それ以降、作家としての寄稿がつづく。一九四六（昭和二十二）年七月、山川均、荒畑寒村、向坂逸郎、小堀甚二の政治グループが、民主人民戦線運動の母体である、民主人民連盟を発足させた。その婦人部・民主婦人連盟は、自由主義者から社会主義者まで組織化した、民主的な女性団体である。女性の労働、教育、生活における解放をめざした。代表は山川菊栄、神近市子、そしてたい子。一九四七（昭和二十二）年二月、民主婦人連盟は民主婦人協会に改まる。石井が明かした投書は、この前後の混沌としていたときのものと思われる。

たい子は、甚二が参画するプログラムの趣旨にのらないわけにいかない。甚二の勢力を拡張したかったたい子は、民主人民戦線への参加を、婦人民主クラブの百合子によびかけ、新日本女性同盟の市川にも、参加の意向をさぐっている。市川は承知したように、たい子の未公表の日記にはある。しかし市川は、実際には婦人部加入を断っている。市川は、ライバルの菊栄ひきいる婦人部に入る気はなかったろう。市川に入会を断られたそのわだかまりが、たい子の告発の動機には潜んでいたかもしれない。市川はおりしも、第一回参議院選挙の出馬を予定していた。選挙は一九四七（昭和二十二）年四月に実施される。その資格審査と、意見書提出とがかさなった。意見書提出の日、菊栄は夫の看病で不在、神近もいなかった。この告発の事実はひさしく、たい子と石井の秘密だった。

だが、たい子はその後、市川の公職追放を取り消す請願書に個人で署名している（47・7「婦人有権者」）。松谷（園田）天光光をモデルにした「栄誉夫人」（50・9「小説新潮」）のなかでは、市川とおぼしき女史について「戦争協力することで婦人の能力をみとめさせようとした」と書く。また「市川さん」（53・4「婦人有権者」）のなかでは、「何を血迷ったか」連合国が、「戦後の大事な何年かをとぢこめたちつ居中の市川さんが電車の中で編み物をして居られた淋しい様子を私は忘れない」と書いている。

この経緯から、清濁あわせもつたい子像が浮上してくる。理性の人でもあれば、ナイーブな感情をもった人でもある。現象面だけでなく裏面もわかれば、なんとも平林たい子は複雑怪奇の人物にちがいない。たい子は戦争協力しなかった作家と称揚されながら、戦後は統治体制にすりよっていた、とも解釈できる。

〈小堀の政治活動を助けたいので、これからは稼ぎ仕事をします〉。たい子は石井雪枝に言う。石井はさらに回想する。〈山川均の非武装論にたいして民兵の必要性を主張した小堀甚二さんが、山川陣営から離れていく。それにともない数年後のたい子さんの言動も変わっていきました〉。一九四八（昭和二十三）年のこと。たい子の思想的な転換である。朝日新聞に「地底の歌」（48・10・12〜12・30）を連載してそのプランを実行していく。翌年には、甚二が荒畑寒村をかついで創立された文化自由会議日本支部に加わる。パリに本部をおく国際的な組織で、思想の表現と自由を守ることを目的とした。さらに「日本共産党批判」（49・12「新潮」）を書き、戦前からの同党対決の姿勢をうちだしていくのである。

夫の隠し子

このころ、夫甚二の隠し子が発覚するのだった。〈女中ごときとできて、六年もだまされていたのが、くやしい〉と、たい子の激怒は火花を散らした。甚二をとり返す、ペンを折るなどと、泣きじゃくって大騒ぎ。今ならワイドショーの好個のネタになったろう。しかし、たい子の激怒には一理ある。甚二の浮気はしょっちゅうで、相手は女給。その封じ込め対策もあってか、たい子は甚二の弟の子を養女にしている。その弟が、〈姉貴、兄貴の女のうちんちの前でオンオン泣いているんだ〉と、義姉に語ったという。こんどは使用人に夫が手をつけたわけだから、そのセクハラにたい子が激怒して当然である。

たい子が九州旅行へ出かけた留守、お手伝いは、養女を幼稚園へ行かせ、甚二を玄関におくった直後に襲われたと言う。二間のこぢんまりした借家でのこと。たばこ代を要求する夫に〈そんなの自分でだしなさいよ〉と、妻が口ごたえする。お手伝いはそれを〈たびたび耳にして小堀が気の毒だ〉という感情はあったが、まさに突然のこと。妊娠四か月を告げると甚二は〈もうおそいじゃないか〉と怒る。自分に子種がないと思いこんでいた甚二は、しかし一九四九（昭和二十四）年末、女児が誕生すると大喜びであった。〈子ぼんのうな〉甚二は、彼女の住まいをたずね深夜にたい子のもとへ帰っていく。〈翌年、二回目の妊娠をするが中絶した〉と、甚二の後妻はわたしに話す。ずっと隠しつづけ女児が四歳になり、たい子はその存在を知ったのである。

たい子は一年の冷却期間をもうけた。甚二は讀賣新聞社の特派員としてドイツへ。しかしその間に、たい子は甚二の裏切りを発見し、離婚を決断するのだ。甚二は着々と離婚を準備していた。家、土地半分を自分名義に登記し、それを抵当に金融機関から借金して使いこんでいたのだ。隠し子、そのことが問題ではない。「ただ『この男』というものが問題になったですよ」。たい子は扇谷正造に語っている。

去っていく甚二に、たい子は高価な絵画をもたせた。一九五五（昭和三十）年のこと。中編「不毛」（61・7～62・4「群像」）は、背景は戦後まもないころであるが、執筆もそのモティーフも離婚直後のもの。秋子と成一の夫婦の物語だ。秋子は中年になり、夫との愛は不毛であったと嘆息する。成一は先輩を支えつつ政治活動をしてきた。同志のおおかたは代議士になっている。夫には、その「説いてやまぬ王国」実現という事業を本気で託してきたのに、もうとりかえしようもない。「ねぇ、貴方、いっそ、政治運動はやめて鶏でも飼わない」「えい、今日はだめだ。こんな気持で外に出て行けるか。男の気を腐らせる女だ」。このような作中の会話は、現実のたい子と甚二の力関係を露わにしている。スポンサーに頭のあがらぬ夫の応酬がやるせない。秋子は、成一のこころざしを得ない姿を目にする自分がたまらない。夫には自分というものが託してあるのだ。「自分を愛するが故に夫をも愛するのだ」。秋子をたい子に変換すれば、十五のとき夢みた自由になる男性獲得は、ついにかなわなかったようだ。「この世で自由にならない憎い男それこそ自分の夫」なのだと書く。夫婦愛は不毛だったと、たい子が結論するゆえんである。

民社党を支援する

一九五九（昭和三十四）年、甚二が他界する。たい子は、社会党を離党して民社党に加わる。甚二の関係から党員にはならず、党友として。党の外郭団体でも活躍した。現在の民主党関係者によれば、〈平林さんはシンクタンク的な存在〉であったという。俳優の徳川夢声や劇作家の菊田一夫もくわわり〈民社党はつとめて国民政党をつくった〉とは、同党の元代議士の話。たい子が、大嫌いな共産党や社会党の〈階級政党〉よりも、この〈国民政党〉を支持したのは、わかる。しかしこのときたい子は、かつての同志夫人に〈小堀と似た和田耕作さん（のちに衆議院議員）がいるから民社党なのよ〉と、打ち明けている。たい子にあっては政治への嗜欲が、夫への愛情と混交している。たい子は、自分が政治家になろうとはしない。同党からの参議院選挙の出馬要請もことわった。選対委員長が〈金はもつから名前だけ貸してくれ〉と懇願しても、〈作家の月収と議員の月収、どちらが多いですか〉とやり返して。政治欲を恋情をとおして満たすたい子。個人レッスンを受けていた英会話の外国人講師にも、ハートをときめかす純情な人なのだ。

さかのぼって一九五一（昭和二十六）年、たい子は、甚二とともに新生社会党に入党している。その後のたい子が、同党右派に所属する甚二に沿いつつ再軍備論をどう展開させていくか、神近市子が心配した（「彼女に傾く心」52・10「文藝春秋　秋燈読本」）。それから十年後、その甚二はもういない。たい子は「民社党へ」（62・1・20　朝日新聞）のなかに述べる。「われわれのような自由人は、再軍備論者は大きらいであり、もちろん軍備は反対で、軍隊のいない社会こそ、多少貧しくあろうとも理想社会だと思っている。しかし、現代のこみ入った世界にいてこんな恣意と夢想がゆるされるのは、われわれが政治家でないからである」。現実を任された政治家は「国を護るプログラムを立てる責任がある。あらゆる立場で問題をつきつめると日本は、アメリカの軍備にたよるか、自国の軍備によるかどちらかによって日本を防備するほか道はない。民社党がアメリカの騎兵をおことわりする代り、自衛に対する最小の措置をするという考えは、賢明であるし、現実的である」と。

ついでに書けば、たい子は、一九六七（昭和四十二）年の東京都知事選に、自民党と民社党が推薦する松下正寿を応援し、革新系の美濃部亮吉を推薦する市川房枝から、その応援について注意された。〈あの人のこと好きなんだもの〉と応じるたい子から、とりまきの女たちが離反していった。たい子は法務省の公安審査委員会委員などもしているが、これは自民党「政府からのお礼」だと、市川は「平林たい子さんと私」（72・4「中央公論」）のなかに書く。

「軍隊とは、そもそも特権階級の番犬なんだよ」（『国畜ナショナル・ペット・ピープル』08・3KKベストセラーズ）とは、評論家佐高信の意見であるが、たい子は、ほんとに軍隊が普通の人を守ってくれると思ってさきの発言をしたのだろうか。なぜたい子は、政治家の代弁をするのだろう。なぜ文学者として押しきれないのだろう。晩年にたい子はこう書いている。「文学と政治とは、究極と出発点では同じであっても、発想の道行きがほとんど逆といってよいほどちがう。政治はとても、文学の片手間にあやつれる仕事ではない」（「希望訪問——石原慎太郎氏」68・1・4　東京新聞夕刊）と。これは、小説家石原の政治家への転身にふれた文章だ。「文学者にとって文学は、恋人以上のものである」。その文学をすてて石原が「どういう重大な精神の過程をへて」政治に移ることになったかが問題だと。ここまでたい子を追跡すれば、たい子が政治家にならないで、恋人である文学を堅持したわけは理解できるのである。

晩年の孤独

〈女ひとりで生きてると、ひとにだまされてはいけない〉。諏訪の生家を譲渡・売却して上京した兄が、たい子に説教する。たい子は独り暮らしで、猜疑心につきまとわれていたのだろうか。甥が肉親の情がほしくて家をたずねると、いきなり〈お金なんかだめよ〉と寄せつけない。〈ちくしょう、そう言うなら行かねえや〉と、甥は反発する。〈おばさんはきつかった。ずけずけ言って、対応の仕方についていけなかった〉とも話す。たい子は、人間とちがって自分を裏切らない、熱帯魚・小鳥・犬をなぐさみとした。晩年には肉親への心情をつのらせるものの、たい子は肉親に恵まれなかった。親族のほうも、あそこはアカ（共産主義者を象徴的にいう）の家だと村人から白い目でみられ迷惑をこうむってきた。肉親に取材した小説に「秘密」（67・10「新潮」）がある。一九六八（昭和四十三）年の第七回女流文学賞を受賞した秀作だが、いつも赤裸々に描くたい子にしては、筆は抑制されている。それだけに哀切さがそくそくと伝わってくる。

〈小説が書けなくなったらどうしよう〉。たい子の家によく出入りしていた姪に、たい子はしみじみ語ったという。五年くらい前から自分の死を予感していたようだ。株券や不動産を確保する。たい子は一時期アナーキストだった。〈仲間とともに企業から年一、二回の決算期に五円ずつせびった。会社はこの日のために札を用意していたから、アナーキストは名刺か雑誌を見せればよかった。五円はいまの一万円にあたり、十日間は生活できた〉と、元アナーキストの星野準二が明かす。企業側もうしろめたさを暴露されたくないから彼らの要求に応じた。称して彼らを〈リャク屋〉という。たい子の最初の彼は、八十歳すぎまでそれに似た現代版を生きている。資本にたかる元彼を、男の経済的庇護なく生きたたい子は軽蔑していたはずだ。

自宅の蔵には十一さおの桐だんすがあり、着物がどっさり収納されていた。たい子は一生を着物でとおした人。ぜいたくな着物は、貧乏時代の欠落感を満たそうとしたものなのか。不美人をカバーしようとしたものなのか。〈嫁入り道具みたいに豪華でした〉と、親族は言う。

たい子は食い道楽でもあった。それが災いしてか、糖尿病、高血圧、腎臓病、がんをわずらっている。「病気の問屋」を自称するほどの病歴である。闘病にかかわる作品は、エッセイ集『作家のとじ糸』（68・5　芳賀書店）に収録されている。闘病はそのつど、どれほどの仕事をしたか、自分に後悔と緊張をあたえると、たい子は書く。「われわれにとって、永遠の生命はつまり作品だった。『生きた、それをなしとげた』という墓碑銘を彫ることができるなら、神の右でも左でも、天国に座席はいらない」。「ガンを見つめて」（66・4・20　讀賣新聞夕刊）のなかに書かれたこの一節に、たい子の人生観は凝縮されている。

たい子は、死の二日前まで執筆していた。絶筆は「市川房枝さん」（72・2・13）。郷里の信濃毎日新聞に連載中の「たい子交友録」の一つだ。因縁ふかいしめくくりのようではないか。一九七二（昭和四十七）年二月十七日、平林たい子は、肺炎で六十六年の人生を閉じるのだった。

文学賞の創設

たい子はすぐれた短編作家だと、わたしは、いまあらためて思う。こんなに熱っぽく濃密に夫婦ということにこだわった作家はいないのではないか。肉感をもつ作品群でもある。よしもとばなな作品や川上弘美作品には感じられないもの。村上春樹の「カンガルー日和」（81・10「トレフル」）とくらべても、それは瞭然としよう。

たい子が五十年にわたって執筆した原稿枚数は、四万枚に達していない。わたしが活字から数えたものだ。お金になおせば一億二千万円の財産がのこされた。「不動産についてては適当に換金し、それを基金として文学（小説と評論）に貢献し、あるいは努力しながら、しかも社会的経済的に報われない人の志を援護する意味で毎年一人又は二人を選定して報奨金を出すことにする」（『むねん』）。この遺言によって、死の翌年三月、八千万円を基金とした財団法人平林たい子記念文学会が設立され、平林たい子文学賞が授与されることとなる。一九九八（平成十）年三月、財団法人の認可期間二十五年が経過し、文学会は幕が閉じられている。五十六人の受賞者のなかには、候補作のアンケートをまとめ最終候補作をきめる事務局の担当者で、同会の理事もいる。充分「報われ」ているはずの石原慎太郎も「生還」で受賞している。「文明がもたらしたもっとも悪しき有害なのはババア」（01・11・6「週刊女性」）と発言した男だ。「ババア」の蓄財の一部を手に収めながら女を侮辱するとは。たい子は、遺言書を作成したそのとき、自分の理念が誠実に実行されると思ったのだろうか。

偶然のことだが、わたしは大学一年のとき、たい子の家から数分のところに住んでいた。下宿の二階の窓からたい子の家は見えた。平林たい子って、どんな人だったのだろう。自分の眼で、その人物像にじかに接してみたかったと、心残りである。

第六章　若林つや ― 二つの愛

WAKABAYASHI Tsuya　1905.11.12~1998.9.17

自分の信念をつらぬく

「幸福な結婚のデータを見せて下さい。なるべくたくさんよ」（「晩秋」）。若林つやのタンカは、すごいじゃないか。だれも、たしかなデータなんぞ示せはしない。だから、どの時代にも問われる生命あるテーマなのだ。結婚ってなんなのだろう。最近読んだ、川上弘美の『風花』（08・4集英社）のヒロインがつぶやいている。数年前には酒井順子が、人生の勝ち負けは結婚で決まるわけでもないと、明治時代には樋口一葉が、女は結婚すれば幸せになるとは限らないと書いている。二十九歳でハイミスのつやは、ひとりの男を愛した。でも結婚できない。古い習俗と、周りの女たちの嘲笑とお節介という壁にぶつかる。恋愛と結婚はべつなもの、という認識にいたってからは、婚外の愛をはぐくもうとした。「はじめは友人、次に恋人、最後に親友」と、チェーホフ描くところのコースをめざす。はたから見れば不倫の愛も、つや自身には純粋な、五十年一日の愛であったにちがいない。

わたしはつやに、小林多喜二とのかかわりについて取材したあとも、電話番をした。つやが七十代後半から八十代にかけてのこと。〈さみしいから電話がほしい〉と言う。電話のむこうから、つやはよく吠えたものだ。交流した人たちをばったばったと斬りつけた。そんななか、多喜二についてはつごう五回話している。しかしついに、本命の恋人については喋らずじまいだった。共産主義者から国粋主義者への、愛の転換。イデオロギーを超えるつやの熱愛のうらには、つやの作家実現という野心がはりついていることを、わたしはここで、新たに指摘したいのである。

若林つやは、一九〇五（明治三十八）年十一月十二日、静岡県伊豆市に生まれる。本名を、杉山みつゑという。杉山家は、下狩野に平家の落人として住みついた。七人きょうだいの長女である。つやの幼年時代の思い出は、「野花」（69・6「女人像」）と「野の花」（77・8「女人像」）にくわしい。二編は晩年の『野薔薇幻相』（95・6　ドメス出版）に収録されている。母親は冷たい人だった。つやは、〈自分はもらい子ではないかと親戚の人に訊きにいったくらいだ〉と、わたしに話したことがある。貧しい農家の母は忙しくて、いちいち、子どもにかまっていられなかったのかもしれない。母に疎外されたそのぶん、つやは、家庭のぬくもりをひそかに切望することになるのか。この自伝作品には父親は登場しないが、〈とてもきびしい人でした〉と、つやの弟杉山正希が回想する。「貞女は二夫に見《まみ》えず」。この貞操観を、小作人（地主から土地を借りて農業をする人）の父は三姉妹にすりこんだ。世間からうしろ指さされるな。異性の指一本ふれるな。感情は心の奥にしまっておくものとも、父は諭した。隠された感情のひだを吐露し、文字に表現する。そこに、ほのかな哀愁ただよう若林文学の営為があるのだろうか。士族の父の厳格なしつけが植えつけた心のバリアを、後年、つやはどう乗りきっていったのだろう。

若林文学にはかならず花たちが登場するのも、山襞に囲まれた自然のなかで成長したつやの生のあかしだ。北伊豆地方の野花や草木たちは、つやに内省をうながし、へこたれそうなつやを発奮させる、向学心と慰藉の象徴にほかならない。

一九一〇（明治四十三）年、地元の下大見尋常高等小学校を卒業したのち、つやは、教員養成所に一年学び、母校に助教員として勤める。退職し、二年制の静岡県立女子師範学校の二部（静岡大学教育学部）第二学年に編入する。一部に秋野不矩（のちに画家）が在籍していた。一九二六（大正十五）年に終了し、熱海、伊東の小学校の教員になっている。つやは、経済的自立をふみだすのだった。

「冬来ればまづ思ひ出す故さとのたき火の宵とかきもちの色」。この三十一文字は、「杉山みつゑ子」の名で発表された、三首のうちの一首で、一九二五（大正十四）年十二月のもの。その切り抜きを、つやから、わたしはもらっている。教員養成機関の師範に在学のとき富士之舎の準同人に加わった。金子薫園、落合直文の流れをくむ歌人が主宰する「光」に掲載されたものだろうか。師範の寄宿舎では、歌作のほかに、島崎藤村の詩集を読み、国木田独歩の「武蔵野」など自然主義文学に親しむ。このころから、つやは、作家への夢をふくらませていた。教職に就いたあと「婦人之友」に寄稿する、本名で。〈教員も生徒から学ばなければならないとマルクスが唱えている、と書いたの〉と、つやは話す。それが〈たまたま、同誌の友の会会員だった父兄の目にとまり、校長へリークされる〉。〈その雑誌を見せろ〉と、校長はつやに迫った。〈ありません〉といい逃れたものの、この一件が生じて、つやは上京をきめたようだ。上京後、荏原小学校に短期間勤めていたと、わたしはつやから聞いている。

伊東の教員時代に投稿した「光を感ずる子」が「女人藝術」に掲載されたのは、一九二九（昭和四）年十二月のこと。「若林つや子」というペンネームの姓は、〈おしえごの名前からとったもの〉。「改造」などの雑誌購読もおおっぴらにできない時世、東京から同誌は筒状にして送られる。むろん、投稿なぞもってのほか。だが自己にめざめた人は、もはや書かずにいられなかったのである。すでにつやは、険しい「希望の塔」を登りはじめていた。

「女人藝術」時代

チンチン、チン。秋空に都電の音がひびく。〈ひどいところに住んでます〉。豊島区東池袋にあるアパートの外階段を上りながら、つやは、訪ねたわたしに語りかける。入室すれば、独特な匂いが、むっと鼻をついてくる。六畳の室内はらんごくであった。棚の上を見ると、いくつもの空き缶のよこに、立原道造の手紙、堀辰雄の手紙、長谷川時雨の原稿など、ラベルのついた箱が並んでいる。畳の上には、額入りのB・ヘッセ（ヘルマン・ヘッセの息子ブルーノ）のエッチングが無造作に置かれてある。正座したつやの背後の埃っぽい茶だんすをわたしはみとめ、不用なものは捨てたらと、余分な口を利いてしまう。なにを、と言いかえすつやの端正な顔が、ゆがんだ。若いころはさぞかし美人であったろう。おやっ珍しい、黒塗りの箱膳があるぞ。低いいすも。その不自然な空間をみたすだろう御仁がどこのたれであるか、わたしは翌年、つやの同人仲間の大井晴から知らされるのである。隣接する文京区大塚の自宅からかよってくる芳賀檀は、そのいすに腰をおろし、つやのおふくろの味に舌鼓をうちながら酒をくむ、そんなひとこまを脳裏に浮かべつつ、ああ、つやの書く「静かな愛」の風景なのか、と、わたしは想ったものだ。恋人のつましい暮らしぶりを、老いて彼はどう眺めていたのだろう。

アルバム帳を見せてもらえば、スマートなつやが、白い帽子をかぶり白い夏服を着ている。すずしげな、おおきな目が、もの言いたげだ。郷里ではみすぼらしいなりをしていたと、わたしに話したのは作家の高杉一郎だが、それから数年後、つやは、ハイカラな洋装に大変身している。この写真の人が、目の前のおおがらな若林さんなのか。正座する着物のひざに別色のつぎがあたっていた。

上京したつやは、「女人藝術」の編集室にはじめて足をふみいれた。まぶしいほどの才女たちがいる。田舎者はおずおずする。ことに、野暮ったい帯の締めかたにじろりと視線を投げてきた、熱田優子の態度にうちのめされる。熱田は、東京女子高等師範の付属高女、通称お茶の水女学校をでたエリート。その母の実家は大病院で、同誌の主宰者長谷川時雨に特別だいじにされていた。つやは、カルチャーショックにおののき、また女たちの階級差別から劣等感をおぼえるのである。熱田とは晩年まで交際するが、つやのライバル心は消えることがなかった。そうわたしには見えた。長谷川は〈身だしなみにとてもやかましい人であった〉。編集員として女人藝術社につとめることになったつやは、〈いつでも長谷川先生にお供して作家訪問ができるよう、下着のコルセットからハンカチ、絹のストッキングにいたる一式をたんすに用意してました〉と話す。乃木坂の長谷川邸から五分ほどの所に、つやは住んでいた。長谷川は文章の手ほどきはしない。服装にこだわり、しかも一流好みであった。有名人好きでもあった。その影響のもと、つやのチャーミングな大変身は、ありえたのだろうか。

つやの記憶の宝庫からは、田村俊子、吉屋信子、宇野千代、中里恒子、田中寿美子、平林英子、岡本かの子など、作家たちの思い出話が、つぎつぎと飛びでてくる。わたしはわくわくしながら聴いたものだが、つやの、飛翔した女たちを見る眼は意地わるい。鷹野つぎや生田花世など、不遇な作家には優しいのに。女たちが長谷川を訪れるとき、〈出身地のゴボウやミカンなど手土産にした〉。女たちのレースからひとり超然としていたのが円地文子で、〈いつも手ぶらだった〉という挿話も、おもしろい。

日本プロレタリア作家同盟に加入

つやは、長谷川時雨の紹介で、一九三一（昭和六）年六月に設立されたソヴェート友の会につとめる。日本と旧ソ連の文化交流をめざす民間組織で、会長は秋田雨雀だった。のちにチェーホフの「桜の園」などのロシア文学の翻訳で知られる湯浅芳子も、そして宮本百合子も参加していた。あるとき湯浅の欠勤がつづく。共同生活をしていた百合子が、新鋭評論家の宮本顕治（のちに日本共産党中央委員会議長）と恋仲となり彼のもとへ走ったことに、ひどく落胆して。一週間後に出勤した湯浅は、〈さあ、やるぞ〉と宣言したそうな。つやは、湯浅と百合子の推薦で、日本プロレタリア作家同盟婦人部に加入している。ここから、つやの作家としての活躍がスタートするのだった。

すでに、平林たい子は「施療室にて」で、窪川いね子（佐多稲子）は「キヤラメル工場から」で、作家的地歩をかためていた。中本たか子や松田解子などとともに、つやは「女人藝術」「働く婦人」に寄稿する。一九三一（昭和六）年九月二十七日付、東京朝日新聞の文芸時評「婦人作家の一般的傾向」のなかに多喜二が、つやの「押し寄せる波」（31・10「女人藝術」）をとりあげた。教員の現場に取材しながら、労働者全体と有機的な関係で描かれていないと、多喜二は手厳しい。しかし「うるさく眼につく形容詞をのぞけば、可なりの才筆をもつてゐる。所々まで頭に残るやうな描写があつた」と、評価している。形容詞の多用は、技術の未熟さと体験の乏しさを意味しないか。つやがより行動的になれば、形容詞は動詞に変換されていくものだと、わたしは思う。翌年になると、多喜二はつやに、農村に帰ってついでに工場を見聞せよ、と忠告している。多喜二先生の、書くべき世界を開拓せよというアドバイスは、的確だ。

つやのプロレタリア文学は、『日本プロレタリア文学集』第二十三巻（87・11　新日本出版社）で読むことができる。戦後生まれで小説・評論家の荒俣宏が、『プロレタリア文学はものすごい』

（00・10　平凡社新書）のなかで、若林作品にスポットをあてている。校長に牛耳られて立ちあがる女教員の烈女ぶり。また女の生理のことまで堂々と発言する強さに、感動を禁じえないというのだ。「恐るべき女教師パワー」は、つやの教員体験があって描けたもの。劣悪な条件と低賃金ではたらく人たちの権利を主張するプロレタリア作品の意義が、ここには発揮されている。

小林多喜二とのこと

さきにわたしは、多喜二先生と書いた。作家同盟では女性作家の委員会を設けて、新人の獲得と養成に努めていた。左翼か右翼か、極端なオプションを迫られたときだったと、つやは話す。新しく同盟員になった、つやと川崎の少年工阿蘇弘の指導を、ひき受けたのが多喜二である。一九三二（昭和七）年一月のこと。つやよりふたつ歳上の多喜二は、〈都電の車掌さんふうの気さくな人〉であったが、「蟹工船」の先生は、共産党員で、作家同盟の常任中央委員なのだ。つやには〈仰ぎみるような偉大な存在〉。〈個別に三回、指導される。阿佐谷の小林宅で、新宿の不二家で。地下に潜行してからは六本木辺りの工事現場のような所を歩きながら〉。〈志賀直哉の作品を読め、雑誌のここを読め〉と、小説作法が主であった。生徒は、〈はい、はい〉と答えた。文章を添削してもらうレベルまでには、つやの技術は達していなかった。〈多喜二は、大雑把な批評ではなくて、細かくアドバイスしてくれるよい先生だった。自分のこころざしが遂げられると思ってました〉と、つやは回想する。

元同盟員だった貴司山治が、多喜二研究のため、つやの勤務先民族学振興会をおとずれたのは、一九六〇年代である。そのときはじめて、革命運動のさなか、つやを多喜二の〈妻〉にしようという話がもちあがった、と聞かされる。しかし共産党が、〈若林つやは、警察の拷問に耐えられる女じゃないから多喜二の妻に適切ではない、と反対した〉。拷問とは、警察が容疑者に肉体的苦痛をくわえて罪状などを無理に白状させること。そのころつやは、多喜二からプロポーズされたわけでもないし、みずから意思表示してもいない。貴司のもたらした情報は、まさしく寝耳に水だった。

一九三一（昭和六）年六月、多喜二は刑務所から出所後、田口タキとの婚約を解消したと、手塚英孝作成の年譜に書かれている。田口が、自分は多喜二にふさわしくないと身をひいたという。その年の秋、多喜二はつやの姿を文化学院の講座で見かけている。つやの閲歴も承知していたはず。無学で酌婦（料理屋につとめ、酒をつぐなど客の相手をする女性）の田口とはちがい、つやは、師範出身で教員歴もある。なによりも経済力があった。多喜二のほうから望んだ縁談であったかもしれない。翌年つやの個別指導をするのも、あるいは多喜二の希望であったかもしれない。だが、二、三か月後、多喜二は地下にもぐり伊藤ふじ子と「結婚」（手塚英孝作成の年譜）する。そして一九三三（昭和八）年二月二十日、左翼運動を弾圧する警察に治安維持法違反で逮捕されると、その日のうちに拷問によって虐殺されるのだった。「蟹工船」の多喜二は多くの読者を得ていた。政府はその干渉と弾圧に狂奔していたのである。日本の侵略戦争がはじまっていた。なお、治安維持法は一九四五（昭和二十）年に廃止される。

多喜二の訃報を、つやは、帰省中の北伊豆で知るのである。実家で、右肺尖カタルと脚気の病を療養していた。だから、多喜二の通夜には出席していない。平野謙が主張する、多喜二の「三人の愛人説」はくずれる。多喜二に恋人やガールフレンドが何人いてもかまわないけれど、わたしの調べでは、多喜二は出所後の二年間に、つやをふくむ四人の女と交流している。彼女たちは、多喜二におかねをカンパしていないか。それを、男女の「微妙な関係」ばかり詮索する平野は見落としていた。もちろん、つやはそれを口外しない。だから、〈伊藤ふじ子はしゃりしゃり名乗りでて、多喜二に尽くしたことを口外した〉と、立腹する。私だって尽くしてるのに、というニュアンスを、そのときわたしは読んだものだ。

病気回復後に、再上京したつやは、平林英子とともに小林家を訪れている。仏壇には多喜二の遺骨とデスマスクが供えてあった。〈多喜二の母は遺骨をつやの前におく。骨壷を覆わないでそのままだった〉のが、英子には異様にみえた。母は、息子の生徒に厚意的だ。田口に分骨したと言う。母も息子の生徒の作品を読んでいたのか、〈若林さんの描く農村風景が、自分のふるさと秋田にもある〉と話しかける。さらにつやは、多喜二の一周忌に五反田の田口家へ。タキと、その妹と母が住んでいた。多喜二の弟がそこに間借りしていた。デスマスクと分骨の箱が置いてあったと、つやは言う。〈箱は十センチ四方くらいで、コーヒーカップの外箱より小さかった〉

とも。

佐多稲子から供された多喜二の遺影写真は、英子の目撃によれば、つやの机の前の壁にながいこと掲げてあった。戦後二十数年がたち、つやはその写真を、〈キビ（気味）がわるいから捨てた〉と、わたしに話している。

プロレタリア文学運動崩壊後、つやは、尾崎一雄や中谷孝雄が創刊した「鷭」と出会う。さらに、「コギト」「文化集団」「文學評論」「現実」「四季」「文學案内」など、つぎつぎと、創刊される同人誌に参加していく。その過程で、わたしが想像するには一九三四（昭和九）年、つやは運命の人、芳賀檀とめぐりあうのだった。

一九三五（昭和十）年三月、保田與重郎、亀井勝一郎、中谷孝雄が中心になり「日本浪曼派」が創刊される、新しいロマンチシズムを打ちたてようとの意図で。一年後創刊の、武田麟太郎や高見順などの「人民文庫」に対抗するもので、太宰治や檀一雄も所属している。つやは、同誌にはおくれて、英子、横田文子、真杉静枝とともに参加したのだが、すでに芳賀檀は参加していた。

芳賀檀を熱愛

芳賀檀は、一九二九（昭和四）年から一九三三（昭和八）年まで、ドイツに留学していた。東大の独文科を卒業した後である。父の芳賀矢一も、明治三十年代にドイツに留学している。帰国後は国文学界で活躍し一九二七（昭和二）年に他界した。父の国定教科書の印税が息子には潤っていた。彼は九人きょうだいの長男だ。広大な芳賀邸は、大塚の高台にあった。つやが乃木坂から引っ越した東池袋のアパートとは、歩いて数分ほどの距離。校舎のようなその家屋の二階には、一時期、林房雄一家がのりこみ、隣室には檀一雄も寄寓する。〈応接間には、両親の大きな写真がかかげられ、父親は宮中伺候の礼服姿であった〉と、英子が追想した。

「日本浪曼派」のプリンスは、長身でダンディだ。ピアノを弾く。愛車を乗りまわす。そんな芳賀のことをプレーボーイ、好色漢と書く人もいる。つやは、彼の内ポケットにのぞかせた白いハンカチがきざに思えたが、机にむかって仕事をしているときの彼のけわしい横顔に、ひどく心を動かされたみたいだ。それ以上に彼は、自分の一番大切なもの、文学志望をちゃんと見てくれている人なのである。〈女中になってでも彼のそばにいたい〉と、つやは友人に話している。

しかし、つやの一念は実らなかった。一九三五（昭和十）年暮れ、芳賀檀は良家の子女と結婚する。東京女子師範の付属高女出身で、ゴルフや乗馬に興じるお嬢さんだ。彼の親族が〈百姓の娘とはだめだ〉と、つやとの結婚を反対したらしいが、そもそも彼自身にその気がなかったのではないか。社会的な名誉を保ちたい。なのに、つやへ、彼は新婚の中国旅行先から絵はがきを送ってくる。つやは、二つ歳上の彼の身勝手や高慢をみぬきながらも、不倫の恋を選ぶ。いや、「永遠の友情」「静かな愛」へ、彼との関係を変えたいとねがうのだった。彼は恋愛と結婚をイコールに考える男ではない。無表情で横暴な日本の男しか知らない女は、のぼせてはいけないと自戒している。

つやは、「日本浪曼派」に「断崖」（37・8）、「梢かすめて――「断崖」の続き」（38・3）を発表している。一九三六（昭和十一）年後の悲恋の渦中で、作者とかさなる二十九歳の女心が綿々とつづられる。つやのこれらの作品を、芳賀はどんな気持ちで読んだのだろう。しかしつやは、女の内面を深くえぐってはいない。浅瀬で描いているように、わたしには思える。

つやの周辺では、〈女を利用する芳賀と別れるよう〉、評論家の板垣直子が人を介して忠告する。〈だれかと結婚すれば、対等につきあってやる〉と、平林英子が言う。〈へんな男につかまれたものだ〉と、誹謗する辛辣な同性もいた。世間の軽蔑、女たちの嘲笑とのたたかいに、むしろつやは、多くのエネルギーを費やしたのかもしれない。だから歳下の、立原道造と保田與十郎の慰めのことばが、身にしみるわけであろう。この国の風土のなかでは婚外の愛は育てられぬと、つやは実感する。中途半端な年齢から一足とびに老女になればよいと、作品のヒロインにその心情を託さざるをえなかったのである。

〈若林さんは、土からジャガイモを掘り出すように簡単に、料理をこしらえるのね〉。芳賀夫人が英子の前で感心する。芳賀邸ではよく、文学仲間の会合がひらかれた。芳賀はつやに手製の料理を請うた。つやにはかかわりのない会合であっても。つやの旨煮を男たちは賞味する。つやは、どんな気持ちで手料理を運んだのであろう。こうまでして、つやが、エゴイスティックな彼のそばにいたかったのはなぜだろう。

愛するとは

「愛情からよりも、むしろ仕事の上でこの人ならばと思つた人は私自身の病気帰省中に、不意な死方をしてしまひました」「でもその人の仕事、研究、感情等で本たうに崇拝出来、一緒にやつて行けるんだつたら、自分の凡てを、その人のために投げ出してしまつてもよいと考へてゐます」。これはつやの、「私の恋愛は？――淡々水の如きものを」（34・7「文化集団」）のなかの一節である。その人とは、むろん小林多喜二のことだ。つやは、〈多喜二が生きていたらプロレタリア文学を書いていくつもりだった〉と、わたしに話してもいる。

「『愛するとは全部を投げ出して捧げつくすこと』といふ私の信念に変りはありません」「自分が『愛してゐる』といふ確信より他に何があるといふのでせう」。戦後になって発表された「薔薇園から」（52・5「女人像」）のなかに、このように書かれている。愛の相手は、もちろん芳賀檀である。

ここで二つの文章をくらべてみよう。前者の、凡て・投げ出す。後者の、全部・捧げつくす。この二つの文章に共通するキーワードにこそ、つやの心情があらわだと、わたしは思う。二人の彼に、自分のすべてを投げだす・自分の全部を捧げつくす。これを変換すれば、自分の文学志望を、恋情をとおして実現したい、とはならないだろうか。くりかえせば、多喜二は、自分の作品を評価し嘱望してくれた人。芳賀は、自分の一番大切な文学志望をちゃんと見てくれている人。つやにあって、文学志望と恋情とは、オーバーラップしているのである。男が、革命作家であろうと、国粋主義者であろうと、自身の文学志望という「希望の塔」は、不変なのである。

つやが〈亀井勝一郎を追っかけていた〉と、わたしに話したのは小坂多喜子である。亀井が中心になり創刊した「現実」に少しおくれて、つやも加わっている。亀井は背が高く美男で、つや好みの人だ。が、新婚ほやほやであった。芳賀と出会う直前のことだが、つやのモーションは、だから色恋だけではなかったと、わたしは見ている。若林つやは横田文子とともに「女流作家中の逸材」と書いたのが、じつは亀井であった。研究者の紅野敏郎が『日本近代文学大事典』第三巻（77・11　講談社）のなかに紹介している。そう、多喜二もつやを評価した。亀井にも褒められて近づいていく。ここでよくよく注意してみよう。つやの、彼らにたいする心の動きは、共通していないだろうか。

平野謙の誤読

尾崎一雄に『続あの日この日』（82・9　講談社）がある。こんなエピソードが書かれている。なめくじ横丁の上野壮夫の家で酒宴が開かれた。尾崎が端唄「惚れて通ふに」をうたうと、出席していたつやが、しくしく泣きだした。尾崎は、わが芸の力に得意になるが、上野夫人小坂多喜子から「彼女、○○さんが好きになって、目下悲恋最中なのよ」と言われて、がっかりする。

このシーンに、多喜二の「三人の愛人説」を主張していた平野謙がとびついた。「小林多喜二と宮本顕治」（76・2・27「週刊朝日」）のなかに、尾崎のこの回想文を読む人が読めば、つやの相手○○が多喜二だとわからぬでもないと、自説を再燃させたのである。平野はそれ以前に、「文学史研究の条件」（61・7「中央公論」）のなかで、佐多稲子の書く、多喜二の通夜に駆けつけた「親戚の婦人三人」は、多喜二の愛人三人で、その一人は若林つやだと、推理している。その後平野は、つやの「淡々水の如きものを」を読んで自説を否定したものの、尾崎の文章からその説をむしかえしたのであった。「晩年の小林多喜二に、いわば肉体的な愛人と精神的な愛人とが並存していたかいなかったか」気にかかる問題だと、主張するのである。

この平野説を読んで、つやは怒る。〈明治女は人前で泣くなんてとても恥ずかしい〉と。そこでわたしは直接、小坂に問い合わせてみた。〈○○とは、亀井勝一郎のことで、上野と親交のあった尾崎さんには、それを話しているけど、このようなシーンがあったかは思いだせない〉と、小坂は答えてきた。どうやら、このシーンは、尾崎の作り話のようだ。〈尾崎さんは、若林さんが好きだったのかしら〉とも、小坂はつけくわえる。つやは、一度だけ尾崎と顔を合わせている。〈若林さんは、当時艶っぽかったもの〉とも、小坂は言う。美貌の人は、なにかとうわさがあったらしい。つやは当時、つぎつぎに創刊される同人誌にお呼びがかかっている。しかし、美貌を武器に文学界へのしあがれないことは、つやだって心得ていたろう。男たちのお呼びを実力だと勘違いしてはいけない。それも、つやは自覚していたろう。

長谷川時雨は「女人藝術」を一九三二（昭和七）年六月に廃刊すると、翌年三月に輝ク会を結成し機関紙「輝ク」を発行している。長谷川のもとに、小川五郎（高杉一郎）がたずねてくる。勤務先河出書房が発行する「文藝」で〈若林つやを養成したい〉と言う。だが、〈若林つやは、まだねえ〉と、長谷川が難色を示した。〈あのとき折角のチャンスがつぶされて〉と、つやは、〈長谷川の嫉妬ふかさ〉を非難しつつくやしそうに、わたしに話したことがある。三十代のつやの作家志望への情熱が、どんなに強いものであったろうか。

つやはもはや、険しい「希望の塔」への上昇を、中途でひきかえすことはできない。一九三八（昭和十三）年、「芳賀檀様」ではじまる「手紙」（38・3「日本浪曼派」）のなかに、熱烈な賛辞をおくる。前年に刊行された芳賀の『古典の親衛隊』に収まるハンス・カロッサ論への共感なのだ。カロッサはドイツの詩人で小説家。芳賀への傾倒を、このようなかたちで表明して、つやの〈追っかけ〉は終息する。芳賀は、つやの「不二」の人となった。

つやは、同人として知りあった保田與十郎の紹介で、出版社ぐろりあ・そさえてに編集部員として勤める。その出版社から、芳賀の訳書『ドイノの悲歌』（40・3）が刊行される。数か月後に、京都の人文書院からつやの『午前の花』（40・7）が刊行される。芳賀は東京の大学から左遷され京都の三高に勤めていた。つやの著書刊行のきっかけが、彼の尽力によるものであれば、芳賀はつやの婚外の愛に華を添えたことになろう。つやは、「希望の塔」をさらに登り、芳賀と離れなくてよかったと思えたろうか。つやはその後、書き下ろしを執筆する。しかし、〈その原稿を預けた先が焼失してしまった〉と、わたしに話したことがある。一九四五（昭和二十）年五月、芳賀邸は空襲に遭い焼失している（萩原志保子『卒業論文「芳賀檀論」』87・5　ノーベル書房）。

つやの初の著書『午前の花』には、九編の小説が収録される。一九三八（昭和十三）年一月、演出家の杉本良吉と新劇女優の岡田嘉子が、樺太国境を越えて旧ソ連に亡命した。夫杉本に去られた妻杉山智恵子の悲劇に取材したのが、表題作である。この一編にも、若林文学の特徴は明らかだ。友人智恵子の悲しみは、作者つやのそれにかさなる。智恵子から夫を奪った岡田への猛攻撃は、そのまま、自分から彼をよこどりした芳賀夫人へのそれではなかったか。三角関係を清算しようとした岡田の衝動には、なんら目配りしていない。杉本のソ連行きは共産党の任務で、その実現のために岡田は利用されたのだという智恵子の側に立ち、だから智恵子は、悲運にたいし理性的に耐えてとり乱すことはなかったと、つやは書く。男の杉本はいっさいたたかれていない。作者つやには人間的な複眼がほしいと、この短編を読みながらわたしは不満なのだ。

身近な実生活に取材する、どの作家もすることだろうが、若林作品は、書く営為をとおしてそれが昇華されていないのだ。書き手の私情がべったりはりついている。視野はひろがらず想像の射程も伸びていない。心のバリアを果敢に解けば、見えないものも見えてきたろうに。ここでつやの父親の厳格なしつけをもちだせば、それは、男にとってはに都合のよいものであろう。

「女人像」に寄稿

芳賀檀の妻は、つやの存在を、どのように眺めていたのだろう。戦前は、料理上手のつやを、夫の文学仲間の一人とみていたかもしれない。だが戦後に、しっかと気づいたのではないか。戦災で焼失した芳賀邸の跡地に、つやはバラの花を咲かせる。彼の心のふるさとである花園を、焦土から甦らせたのである。その間五年の、バラ栽培にこめられた丹精と熱情のほどに、妻はつやの、夫への特別の感情をよみとったのではないか。軽井沢のさる人の別荘を買いとって跡地に移築した家で、妻は女児をもうけている。〈私も一人、産んどけばよかった〉と、つやは友人に話したそうだ。

一九五二（昭和二十七）年、つやは、熱田優子、内田生枝、山本安英などと「女人像」を創刊している。この機に筆名が杉山美都枝と変更された。同誌には、自伝小説「晩秋」（53・1～4）が連載される。作中、ヒロインが恋人に蒼白になって訴える、どきりとさせる壮絶な場面がある。「私の生き方はまちがっていたでしょうか！　おしえて」。だがまたも、彼から安心できる答えは聞けなかった。まるで野獣のようで見苦しい、というばかりで。ヒロインのこの絶叫は、つや自身のものにちがいない。「愛はあたえるもの」、それだけでは、つやは耐えられなかったろう。〈中里さんは、選考委員の滝井孝作を恋人にして芥川賞を射止めた〉と、つやは、中里恒子をこっぴどく批判したことがあった。自分は、〈相手を飲みつくして身を太らせるような生き方はできない〉と、つやは言うのである。中里は一九三九（昭和十四）年、「乗合馬車」で第八回芥川賞を受賞している。たしかに、滝井孝作はそのときの選考委員の一人だ。

芳賀は戦後、『ゲーテ』『リルケ』を刊行し業績をかさねていた。しかし、つやには業績ができない。「晩秋」は彼との愛の軌跡をつづる、つや四十七歳のときの作品である。作中のヒロインの絶叫は、人生なかばでの、つやの切実なる決算ではなかったか。この中編を最後に、つやは、彼とのラブのおさらいを卒業する。同誌にはあらたに、童話とエッセイが登場している。

「まったく恋は盲目であり、そして恋愛感情に縛られているかに見えながら、わたしはわたし自身への執着に縛られていたようにも思います」（87・6・11「週刊文春」）。「さよなら」と、もっと早く言うべきであった、とは、澤地久枝の追想である。流行作家有馬頼義と別れて十年後、澤地はノンフィクション作家としてデビューした。つやは、家庭的なぬくもりを欲したのだろうか。二十歳で母をなくしている芳賀を、「氷のようにつめたい妻」から守りたかったのか。それは、幼少時の「冷たい母」から自身を守るのと、根っこはひとつだと想われるが、つやはついに、さよなら、を芳賀にいわない。友人の大井晴が、〈芳賀さんは、杉山さんをなまごろしも同然にあつかってる〉と、よく憤慨したものだ。山形の中学校で同僚だった、作家藤沢周平の決断をひきあいにしては。藤沢は初恋の人へ、〈病気が治るとも知れぬ男を待たず、別の人と結婚して幸せになってくれ〉と、絶縁状をしたためたというのである。

つやは大井に、芳賀とは〈きょうだいみたいなもんよ〉と話している。第二十九回国際ペン大会が東京で開催されたとき、その開催に尽力した芳賀は大会に招かれなかったという。戦前の「ナチス礼讃」（橋川文三『新潮日本文学辞典』88・1）の人は、共産主義や民主主義陣営から黙殺された。孤立をしいられた芳賀を慰撫できたのは、妻よりも、恋人のつやのほうであったかもしれない。二人は、ひと知れずきずなを深めていたのであろう。七十歳代のなかば、芳賀が保田與十郎、浅野晃、濱川博などと「浪曼派」を創刊した。同誌につやは、「不二うばら」（80・8）を寄稿している。さきの「午前の花」のやき直しだが、その寄稿を、つやはたいへん喜んでいた。〈私ばっかり書いたんじゃ、ねぇ〉と、顔をほころばせたものだ。わたしの記憶のなかで、つやがわらう、唯一の光景である。その発行編集人が芳賀檀と知ったのは後日のことだが、芳賀はつやを「希望の塔」へと引きあげてくれた。つやは、文学仲間を気づかいつつも、彼との関係をあらためて確認したにちがいない。

〈あんた、民族学振興会を辞めてなにかすることあるの〉〈うーん、つづりかたを書こうとおもう〉〈そう、先生たちのことを書きなさいよ〉〈生きているあいだは発表できないわ。中根さんが原稿を預かってくれるのですか〉〈いや、外電として書きなさいな〉。つやに対してユーモラスにこたえているのは、そのとき民族学振興会理事長の中根千恵である。つやが八十三歳まで民族学振興会に勤められたのも、この〈たのもしい〉東大教授を歴任する社会人類学者の配慮があってのことと、わたしは推察している。

一九九一（平成三）年八月に恋人の芳賀檀が八十八歳で他界すると、つやは、郷里の老人ホームに入居する。ここで、第二の著書『野薔薇幻相』を刊行した。つやは「希望の塔」を、どこまで登りえたろうか。それはつや自身の実感がきめることであろう。こうしか生きられなかった九十二年の人生を、つやは、一九九八（平成十）年九月十七日、閉じるのだった。郷里の親族に見守られながら。

おんな作家たちの略年譜

鷹野つぎ・略年譜

一八九〇（明治23）年　八月十五日、現在の静岡県浜松市に生まれる。父は呉服屋につとめ、母は自宅でたばこと灯油を商っていた。

一九〇四（明治37）年　三月、浜松高等女学校（浜松市立高校）を卒業し、四月、静岡高等女学校研究科に入学する。夏ころ、トラホームにかかり帰省し、退学。新聞記者の鷹野弥三郎と出会う。

一九〇八（明治41）年　七月、「女子文壇」に「誘惑」が掲載される。同誌へは「遠江の岸つぎ子」で投稿し、短歌、新体詩、散文がよく掲載される。十二月、「女気」が、翌年二月、「指を痛めて」が、翌々年五月には「反抗」が。

一九〇九（明治42）年　両親の猛反対をおして家を出る。豊橋へ。鷹野弥三郎と結婚する。

一九一一（明治44）年　一月、長男を出産（二九年までに九人の子をもうける）。九月、平塚らいてう主宰の「青鞜」が発刊され、女性解放が主張される。

一九一三（大正2）年　五月、「名古屋新聞」に「寄生虫」が掲載される。

一九一九（大正8）年　暮れ、時事新報社につとめる夫に伴われ島崎藤村を訪ねる。

一九二〇（大正9）年　八月、「新小説」に「撲《ぶ》たれる女」が掲載される。十二月、「同性への深い愛」を「國民新聞」に発表。

一九二二（大正11）年　四月、島崎藤村主宰の「處女地」にくわわり翌年一月まで毎号、寄稿する。十二月、『悲しき配分』（新潮社）を刊行。

一九二三（大正12）年　五月、「理想の実際的尊重」を「婦人公論」に発表。九月、関東大震災で夫の勤務先が全焼し、失業する。

一九二四（大正13）年　一月、文芸時評「新年号女流の作品」を東京朝日新聞に発表。結核を発症する。平塚らいてうを知る。

一九二八（昭和3）年　子どもたちの病気と死亡、夫の失職、家計の貧窮で、持ち家を手放す。

一九二九（昭和4）年　六月、「この頃思ふこと」を「女人藝術」に発表する。

一九三五（昭和10）年　女児を亡くした直後、発熱し歩行困難になり、重体に陥る。十一月、『子供と母の領分』（古今書院）を刊行する。

一九三六（昭和11）年　五月、結核療養所に入院する。三年半の闘病のなかで仏教の教えに出会い、やすらぎを覚える。

一九四〇（昭和15）年　四月、『幽明記』（古今書院）を刊行する。

一九四一（昭和16）年　九月、「七児を喪ひて」を「新女苑」に発表する。

一九四三（昭和18）年　三月十九日、自宅で死去。享年52歳。

一九四四（昭和19）年　一月、『娘と時代』（三國書房）を刊行。夫が他界する。

八木秋子・略年譜

一八九五（明治28）年　九月六日、現在の長野県木曽郡に生まれる。父は郡役所につとめていた。

一九〇八（明治41）年　姉たちに影響され教会で洗礼を受ける。

一九〇九（明治42）年　三月、福島尋常高等小学校高等科を卒業する。翌々年四月、松本市立女子職業学校（松本美須々ヶ丘高校）の本科四年に編入学し、裁縫を学ぶ。一年で卒業する。

一九一六（大正5）年　小学校教員資格検定試験に合格する。

一九一八（大正7）年　教員の古山六郎と結婚し上京する。平塚らいてうを訪ねる。

一九一九（大正8）年　五月、長男を出産。小川未明を訪ねる。

一九二二（大正11）年　一月、「種蒔く人」に「婦人の解放」が掲載される。二月、離婚。長男を置いて家を出る。十一月、野尻実業補習学校につとめる。翌年三月から一年、日義尋常小学校の専科（裁縫）教員になる。所三男と出会う。

一九二四（大正13）年　七月、信濃毎日新聞に「女子補習教育に就て」が連載される。十月、上京。十二月、東京日日新聞の「角笛」に投稿し二点採用される。翌年三月、同社学芸部の嘱託になる。アナーキストの宮崎晃と恋仲になる。嘱託を解雇される。

一九二八（昭和3）年　十一月、「恋愛と自由社会」を佐伯明子の名で自由連合新聞に発表する。

一九二九（昭和4）年　七月、「公開状―藤森成吉氏へ」を「女人藝術」に発表。アナ・ボル論争の口火を切る。

一九三一（昭和6）年　二月、宮崎晃、星野準二などと農村青年社を発足させる。自由経済革命をめざし長野県下の農民をたずね話し合う。

一九三五（昭和10）年　農村青年社事件で逮捕され、三七年四月、治安維持法違反の罪で懲役刑がきまり入獄する。

一九三八（昭和13）年　出所し、姉をたよって満州へ。満鉄につとめる。

一九四五（昭和20）年　十一月、満州より引き揚げ木曽へ。四八年に上京する。

一九五一（昭和26）年　八月、長男危篤の知らせで木曽の病院へ。二日後に死別。

一九五四（昭和29）年　母子寮につとめる。母子の更生に力をつくす。

一九六八（昭和43）年　清瀬のアパートに住む。生活保護をうける。

一九七六（昭和51）年　十二月、東京都養育院に入居。翌年七月から個人通信「あるはなく」を、相京範昭の協力で発行する。

一九七八（昭和53）年　『八木秋子著作集』（JCA出版）全三巻を刊行する。

一九八二（昭和57）年　心身ともに衰弱し、三月、群馬の姪宅に引きとられる。

一九八三（昭和58）年　四月三十日、他界する。享年八十七歳。

平林英子・略年譜

一九〇二（明治35）年　十一月二十三日、現在の長野県松本市に生まれる。

一九一七（大正６）年　三月、梓川尋常高等小学校高等科（梓川小学校）を卒業する。

一九一八（大正７）年　生家を出て大阪へ。電気会社の事務員をする。

一九二〇（大正９）年　四月、嵐山での花見の帰り、旧制三高生、中谷孝雄と出会う。京都で中谷と同棲。中谷の級友、梶井基次郎を知る。

一九二二（大正11）年　夏、小説家の武者小路実篤を訪ねる。十一月、武者小路実篤が主宰する日向の「新しき村」に入村する。半年間。翌年七月、帰郷する。長野新聞社学芸部につとめる。

一九二四（大正13）年　十月、新聞社を辞めて上京。東大に入学した中谷と結婚する。

一九二五（大正14）年　一月、中谷が同人誌「青空」を創刊させて作家活動をスタートさせる。その同人、外村繁などと交流する。七月、長男を出産する。

一九二八（昭和３）年　六月、二男を出産するが、翌々年二月に亡くす。

一九三〇（昭和５）年　四月、「母性愛とは？」が讀賣新聞の懸賞に入選し、同紙に掲載される。七月、「消え残る生活」が「女人藝術」に掲載される。同誌編集員の若林つやや林芙美子などを知る。

一九三一（昭和6）年　二月、長女を出産する。暮れ、日本プロレタリア作家同盟に加入し、江東の労働者と交流する。地方へ出むいては農民の文学サークルにくわわる。

一九三二（昭和7）年　二月、「働く婦人」に「お信」を発表。五月、「婦人公論」の懸賞に当選した「美容院の人々」が同誌に掲載される。

一九三四（昭和9）年　二月、日本プロレタリア作家同盟が解散する。八月、「育くむもの」を「婦人文藝」に発表する。

一九三八（昭和13）年　三月、「日本浪曼派」にくわわり、同人の、横田文子、真杉静枝と交流する。

一九四〇（昭和15）年　七月、『南枝北枝』（ぐろりあ・そさえて）を刊行する。

一九四三（昭和18）年　九月、中谷が出征する。三年後に帰還。

一九五二（昭和27）年　十月、疎開していた軽井沢から上京する。

一九六八（昭和43）年　十二月、「ポリタイア」に「青空の人たち」の連載をはじめる。

一九七三（昭和48）年　八月、『夜明けの風』（浪曼）を刊行する。

一九七四（昭和49）年　三月、芸術選奨文部大臣新人賞を受賞。

一九九一（平成3）年　十一月、『マロニエと梅の花』（朝日書林）を刊行する。

一九九五（平成7）年　七月、中谷が死去。

二〇〇一（平成13）年　十二月十七日、他界する。享年九十九歳。

川上喜久子・略年譜

一九〇四（明治37）年　十一月二十三日、現在の静岡県御前崎市に生まれる。

一九一〇（明治43）年　韓国統監府につとめる父のいる京城へ。八月、日韓併合条約が調印され日本の植民地支配体制が確立されていく。十月、父の総督府就任にともない現在の北朝鮮、平壌に移る。

一九一七（大正6）年　三月、平壌尋常高等小学校を卒業する。四月、平壌高等女学校に入学。

一九二一（大正10）年　三月に高女を卒業し、四月、東京の山脇高等女学校専攻科に入学する。一年、家政について学ぶ。

一九二二（大正11）年　両親のもとに帰る。「明星」「冬柏」に歌作をおくり掲載される。

一九二三（大正12）年　会社員の川上十郎と結婚する。上京し九月、関東大震災に遭遇する。

一九二四（大正13）年　四月、長女を出産する。翌々年六月、長男を出産する。

一九二七（昭和2）年　四月、大阪朝日新聞の懸賞に入選した短編「或る醜き美顔術師」が同紙に掲載される。教会で洗礼を受ける。

一九三一（昭和6）年　鎌倉に居をさだめる。夫が新潟の銀行に赴任する。島木健作、林房雄、川端康成、小林秀雄などと交流する。

一九三六（昭和11）年　六月、「冬日の影」を、十一月、「滅亡の門」を「文學界」に発表。「滅亡の門」

が文學界賞をうけ、芥川賞の候補作になる。

一九三七（昭和12）年　二月、「光仄かなり」（「文學界」）が発売禁止となる。

一九三九（昭和14）年　七月、『滅亡の門』（第一書房）を刊行する。円地文子と出会い、晩年まで古典、文学について意見交換する。

一九四〇（昭和15）年　『白銀の川』（新潮社）を刊行。

一九四二（昭和17）年　十一月、陸軍報道部から南方派遣され、阿部艶子とともにフィリピンへ。

一九四八（昭和23）年　四月、「淡彩」を「藝苑」に発表する。

一九六四（昭和39）年　十月、「面影びと」を「新潮」に発表。文筆を再開する。

一九六七（昭和42）年　地元の読書会にくわわる。

一九七二（昭和47）年　九月、平壌尋常高等小学校の同窓会に姉とともに出席する。

一九七九（昭和54）年　十一月、『陽炎の挽歌』（昭和出版）を刊行する。

一九八三（昭和58）年　五月、夫が死去。

一九八五（昭和60）年　八月、『影絵文様』（丸ノ内出版）を刊行。肝がんを患う。十二月四日、他界する。享年八十一歳。

平林たい子・略年譜

一九〇五（明治38）年　十月三日、現在の長野県諏訪市に生まれる。父は農業を、母は自宅で雑貨屋をしていた。

一九一八（大正7）年　三月、中洲尋常高等小学校を卒業し諏訪高等女学校（諏訪二葉高校）に入学。

一九二二（大正11）年　二月、「或る夜」が「文章倶楽部」に入選し平林たい子の名で掲載される。三月、高女を卒業。上京し、電話局の交換手になる。就業中、社会主義者の堺利彦に電話したことで解雇される。新聞記者でアナーキストの山本虎三と出会う。

一九二四（大正13）年　一月、朝鮮、満州をふたりで放浪する。山本が不敬罪で入獄。六月、女児を出産するが栄養失調で亡くす。単身、東京へ帰る。林芙美子、壺井栄などを知る。

一九二六（昭和元）年　十二月、「文藝戰線」同人の小堀甚二と結婚。翌年九月、同誌に「施療室にて」を発表する。

一九二八（昭和3）年　懸賞に当選した「残品」（「嘲る」）が『群青』（大阪朝日新聞社）に掲載される。

一九二九（昭和4）年　「非幹部派の日記」を「新潮」に発表し「戰旗」派と対峙。

一九三七（昭和12）年　人民戦線事件で小堀が検挙されるが逃亡。警察に参考召喚されたまま留置される。小堀が出頭。翌年八月、風邪から病状が悪化し、結核が再発する。釈放され入院する。七年間、執筆不能をよぎなくされる。

一九四一（昭和16）年　小堀の看護と翻訳収入に支えられ自宅療養する。

一九四五（昭和20）年　三月、生家に疎開する。八月、終戦。翌々月に上京する。

一九四六（昭和21）年　六月、養女を迎える。十月、「かういふ女」を「展望」に発表。翌年四月、女流文学者賞を受賞する。

一九五四（昭和29）年　二月、夫から隠し子の存在を知らされる。翌年八月、離婚。

一九五六（昭和31）年　二月、日本文化フォーラムに加わり国際的交流につとめる。

一九五七（昭和32）年　六・七月、『砂漠の花』二巻（光文社）を刊行する。

一九六六（昭和41）年　乳がんを患う。四月、「ガンを見つめて」を讀賣新聞に発表。六月、紺綬褒章を受ける。

一九六八（昭和43）年　四月、前年十月に発表した「秘密」で女流文学賞を受賞。五月、『作家のとじ糸』（芳賀書店）を刊行する。

一九七二（昭和47）年　二月、「たい子交友録―市川房枝さん」を信濃毎日新聞に発表する。十七日、急性肺炎にかかり他界。享年六十六歳。六月、芸術院恩賜賞を受賞。翌年六月、遺志により平林たい子文学賞が設けられ授賞式が行われる。

若林つや・略年譜

一九〇五（明治38）年　十一月十二日、現在の静岡県伊豆市に生まれる。父母は農業を営んでいた。

一九一〇（明治43）年　三月、下大見尋常高等小学校を卒業する。教員養成所に一年、学ぶ。修了後、母校に準教員としてつとめる。

一九二五（大正14）年　静岡県立女子師範学校（静岡大学教育学部）第二部二学年に編入学する。翌年、卒業し、伊東の小学校教員になる。

一九二九（昭和4）年　十二月、投稿した「光を感ずる子」が「女人藝術」に掲載される。上京し、女人藝術社の編集員になる。主宰者、長谷川時雨を知り、作家たちと交流。同誌に寄稿もする。

一九三一（昭和6）年　ソヴェート友の会につとめ、そこで知りあった宮本百合子の推薦で日本プロレタリア作家同盟に加入する。

一九三二（昭和7）年　二月、「集団の力」を「女人藝術」に発表。同盟の小林多喜二から作品指導を三回うける。右肺尖カタルと脚気にかかり、三月、帰郷。

一九三三（昭和8）年　四月、「女子青年団」を「働く婦人」に発表。再び上京し二月に拷問死した小林多喜二の家族をたずねる。五月に創刊された「輝ク」の編集にたずさわる。併行して出版社ぐろりあ・そさえてにつとめる。保田與十郎などを知る。

一九三四（昭和9）年　作家同盟解散後「コギト」「文化集団」「文學案内」などの同人になる。「四季」で独文学者、芳賀檀と出会う。

一九三五（昭和10）年　四月、「遊戯的恋愛に関連して」を「婦人文藝」に発表する。

一九三七（昭和12）年　八月、同人に加わった「日本浪曼派」に「断崖」を。翌年八月、その続編を「梢かすめて」と改め、同誌に発表する。

一九三九（昭和14）年　七月、「立原道造さんのこと」を「四季」に発表。

一九四〇（昭和15）年　『午前の花』（人文書院）を刊行する。

一九四四（昭和19）年　民族学振興会につとめる。

一九五二（昭和27）年　五月、「女人像」を熱田優子、内田生枝などと創刊する。筆名を杉山美都枝に改めて「薔薇園から」を発表。翌年一月から「晩秋」を連載。八五年九月の廃刊号まで寄稿する。

一九八〇（昭和55）年　八月、「不二うばら」を「浪曼派」に発表する。

一九九一（平成3）年　伊豆の老人ホームに入居する。「花影」に「こぼれ話」（「長谷川時雨先生のこと」）を連載する。

一九九五（平成7）年　一月、『野薔薇幻相』（ドメス出版）を刊行する。

一九九八（平成10）年　九月十七日、他界する。享年九十二歳。

おわりに

六人の女性作家の評伝が、一冊の単行本になった。取材してから長い月日が経過しているので、いま、肩の重い荷物がおろせたようで、率直にうれしく思う。

六人のうち直接会って話をうかがっているのは四人で、八木秋子、平林英子、川上喜久子、若林つやである。四人の声がわたしの耳もとに聞こえてくる。彼女たちの声の音程も大小も、そして音色も、わたしの心にいまだ染みついている。この小著によって、忘れられ埋もれていく彼女たちを、読者が思いだすきっかけにしてくれれば、望外のよろこびである。

六人のうち平林たい子のみ、文学界で大活躍した。鷹野つぎも、文学史に残っている。いずれも短命だったが、しかし死の前月まで書きついできた。そう、ほかの四人も「書くこと」を途中でやめてはいない。

これも遠い昔のことだが、指導教授だった平野謙が、講義中に言ったことがある。女性作家は文壇にデビューしても、病気と貧乏にまけて退場していった、と。六人のおんなたちも、人生の長い道のりのなかで、幾度か、「書くこと」の困難に直面したであろう。月日の経過とともに、彼女たちのそんな苦悩が、わたしにも想像されてきた。それは他人事ではなく、わたし自身の生きるプロレスでもあるのだから。

わたしは二十年余り、信濃毎日新聞に新刊の文芸書の書評を発表している。文学って、やはり、おもしろいと思う。人は危機をどう乗りこえていくのか。その人生的考察も興味ふかいし、さらに、人間のさまざまな喜怒哀楽を表現した文章じたい、魅力的なのである。

インターネットで検索すれば、六人の作家は登場する。しかし、彼女たちの名前と事項の列挙にすぎない。彼女たちの人生の足どりも、そこで出会ったミクロの感動も、知ることはできない。「恋すること」の気配も感じられない。

彼女たちの人生と文学作品に寄りそいながら、わたしは文章表現にまとめたのである。その間、資料探しに力を貸してくれたのは、国会図書館の元職員、坂下精一さんである。六人にかんする小文を発表する場を提供してくれたのは、浜松市立高校の文芸部顧問だった、後藤悦朗さん、信濃毎日新聞社論説委員の三島利徳さん。文化部の工藤信一さん、編集委員の花崎秀紀さんにもおせわになった。

単行本化へと根気よく歩を進めてくれたのは、三冬社の野中文江さんだ。拙文に助言してくれたのは、学藝書林の磯部朋子さんである。

そして、社会評論社の松田健二さんの尽力があって本書は生まれたのである。松田さんは長いこと出版にたずさわり、文化の灯を大切に守ろうとしている。真摯《し》な人物に出会えたことを、わたしは心から感激しつつ感謝している。

二〇一一年初冬

阿部浪子

本書は書き下ろしです。

作家の写真は左記のかたに提供していただきました。

鷹野つぎ　浜松市

八木秋子　秋月玉子さん

平林英子　冨谷フサ子さん

川上喜久子　滋賀瑛子さん

平林たい子　後町英昭さん

若林つや　波部美保子さん

阿部浪子（あべ・なみこ）

文芸評論家。

浜松市に生まれる。浜松市立高校を卒業。

法政大学日本文学科を卒業し、明治大学大学院文学研究科を修了する。

『平林たい子全集』全12巻（潮出版社）の書誌編纂にたずさわり、最終巻に「平林たい子年譜」を発表する。

『人物書誌体系―平林たい子』（日外アソシエーツ）、『平林たい子―花に実を』（武蔵野書房）、『平野謙研究』共著（明治書院）、『本たちを解（ほど）く―小説・評論・エッセイのたのしみ』（ながらみ書房）、『本と人の風景』（ながらみ書房）を刊行している。

書くこと恋すること――危機の時代のおんな作家たち

2012年7月27日　初版第1刷発行

著　者：阿部浪子
装　幀：中野多恵子
発行人：松田健二
発行所：株式会社社会評論社
東京都文京区本郷2-3-10　☎ 03(3814)3861　FAX 03(3818)2808
http://www.shahyo.com
本文製版：スマイル企画
印刷・製本：倉敷印刷
